FOME

IZA ARTAGÃO

Vitrola
editora

Direção Editorial
Vitor Alessio Manfio

Projeto Gráfico
Erick Alves Pereira

Revisão
Priscila Pulgrossi Câmara
Marina Silva e Siqueira

Assistente Editorial
Tayná Werlang

Dados Internacionais de Catalogação na Publicação (CIP)
(Câmara Brasileira do Livro, SP, Brasil)

Artagão, Iza
Fome / Iza Artagão. -- 1. ed. -- Frederico Westphalen, RS : Vitrola Editora, 2022.

ISBN 978-65-89711-31-5

1. Ficção brasileira 2. Suspense - Ficção I. Título.

22-102438 CDD-B869.3

Índices para catálogo sistemático:
1. Ficção : Literatura brasileira B869.3
Eliete Marques da Silva - Bibliotecária - CRB-8/9380

Vitrola editora

“A arte deve confortar os perturbados e perturbar os confortáveis.”

Banksy

FOME

"Aquele que LUTA com MONSTROS DEVE acautelar-se para não se tornar também um MONSTRO. Quando se olha muito tempo para um abismo, o abismo olha para você."

Friedrich Nietzsche

PARTE 1

SOPA DE LETRINHAS

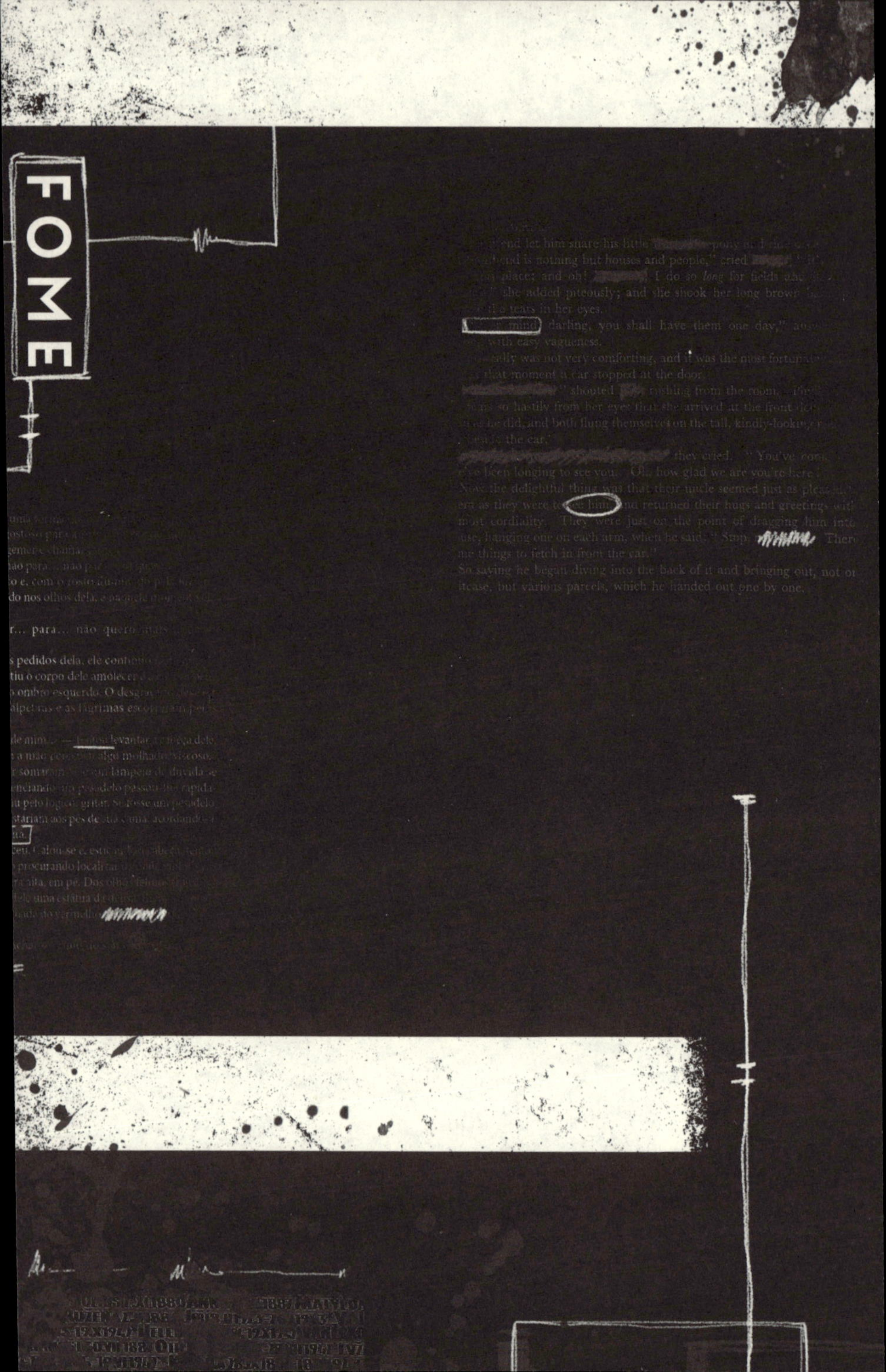
FOME

CAPÍTULO 1

O júri do "Psicopata do Abecedário" seria iniciado em pouco tempo. O recinto estava cheio. Advogados, estudantes e curiosos em geral ocupavam as oito fileiras de cadeiras chumbadas ao chão.

Ela se posicionou de forma a não ser notada pelos demais. Segundo as normas jurídicas, todo e qualquer canalha merecia defesa, e isso a revoltava profundamente. Izzy acreditava na máxima "olho por olho, dente por dente". Era inegável o prazer que tinha em imaginar o algoz na pele de sofredor, em fazê-lo passar, ao menos no campo das sensações, pelo caminho de terror e de medo que fizera suas vítimas trilhar. Sentada na ponta direita da última fileira, aguardava o início do espetáculo, enquanto um sorriso se desenhava em seu rosto ao pensar em como faria a verdadeira justiça.

A maquiagem era sua aliada e a fazia se passar por mais uma na multidão. O cabelo platinado em um corte chanel com as pontas maiores na frente — e uma franjinha — não destoava tanto da maioria das garotas que aparentavam idade similar à sua e lhe conferiam um ar de modernidade. A pele, extremamente branca, era disfarçada com uma generosa camada de base mais escura. As unhas pintadas escondiam a falta de cor embaixo delas. Desde aquele fato que modificou completamente sua vida e seus planos, fora obrigada a fugir de sua família para que não se dessem conta de que algo havia transformado profundamente a filha amorosa, a irmã dedicada. Precisou forjar a própria morte, assumir nova identidade e se mudar para aquela grande capital do outro lado do país. Manteve-se solitária, evitando todo e qualquer envolvimento amoroso, o qual não teria futuro e ainda poderia colocar em risco o seu terrível segredo.

Impaciente pelo início da sessão, Izadora olhou ao redor da sala e deu de cara com um jovem estudante observando-a. *Possivelmente de Direito*. Para aqueles que enxergavam somente a casca, ali havia uma linda mulher de cerca de 27 anos, atlética, porém com curvas. Já por dentro, somente ela vivenciava a fome constante, e o desejo — quase incontrolável — de ferir os outros para se saciar. Decidiu, assim, se alimentar no melhor restaurante da cidade: os tribunais criminais, onde inocentes eram julgados, mas também vermes desprezíveis que davam fim à vida humana por banalidades, e não por necessidades fisiológicas, como ela.

Estava ali aguardando a próxima refeição quando o rapaz que a observava sentou-se ao seu lado.

— Oi, você faz Direito?

— Na verdade, já me formei — ela respondeu sem pretensão de estender o papo.

— Pensei que você assistisse a todas as sessões de julgamento para a prática jurídica. Tenho te visto em todas as audiências e concluí que talvez fosse mais uma aluna com relatórios atrasados. Já ia sugerir que elaborássemos o trabalho juntos numa noite dessas — ele contorceu as mãos em aparente nervosismo pela tentativa pífia de cantada.

— Olha, é melhor você passar essa conversa em outra. Minha época de prática já se foi. Aquele grupinho de meninas ali me parece promissor — apontou para um quarteto de garotas que estavam sentadas no corredor oposto, uma fileira à frente.

— Ah, elas? — O rapaz encarou as quatro meninas que riam baixo e cochichavam entre si. — Elas mal fecharam o quarto período. E, pra falar a verdade, nem fazem prática jurídica. Só estão aqui pelo juiz. Vivem comentando sobre como ele é bonito e estão sempre suspirando pelos corredores da faculdade. Não me deram a mínima atenção — voltou-se para Izadora e insistiu. — E você, já estagia?

Izzy fechou a cara e cruzou os braços. Não gostava de aproximações ou cantadas. Tampouco estava ali por curiosidade ou para paquerar o juiz. *Se bem que ele realmente é um gato...* Estava ali porque precisava, e sempre experimentava um misto de sentimentos ao se sentar no plenário: desejava fervorosamente que o sistema funcionasse — com culpados condenados e inocentes absolvidos —, mas tinha que comer! Pegou-se pensando no mundo ideal por que tanto ansiava: ele a mataria de inanição. Já havia passado fome. Sabia bem o mau humor e a quase falta de controle sobre si que isso causava, e temia, nessas ocasiões, acabar ferindo alguém inocente. Graças a Deus o sistema era falho! Era a garantia de uma boa refeição por algumas semanas. Assim, encarava um jejum forçado somente quando um inocente era absolvido ou um culpado era condenado e preso.

— E aí, não vai responder? — A pergunta insistente a catapultou dos seus pensamentos.

— O quê?

— Estagia ou não?

— Sim...

— Poxa, que legal! Onde?

Ela estava quase decidida a incluir no seu cardápio pessoas impertinentes, principalmente homens que insistiam em seguir com o papinho mole, quando finalmente foi salva pelo promotor.

— Izadora... — O homem sussurrou. — Vem aqui! — sinalizou para que ela se aproximasse da pequena cerca de madeira que separava a tribuna da área destinada ao público.

Ao dar o primeiro passo na direção do seu chefe, ainda ouviu:

— Ah, saquei! Você estagia na promotoria... sabe, eu adoraria ser convocado para uma oitiva com você.

Izzy não se deu ao trabalho de responder. Caminhou pela sala a passos firmes, estendeu o braço longilíneo e pegou a pasta ofertada. Ao se virar para retornar ao seu lugar, percebeu os olhos do rapaz sobre seu corpo. O olhar guloso passeava pela região dos seios fartos e naturais, delineados por uma camisa social de seda bege. Decidiu mudar a sua rota e se sentar em outro lugar, de preferência bem longe.

Ignorando os olhares insistentes do tarado da prática jurídica, Izzy abriu a pasta e folheou o conteúdo. Ter acesso aos processos criminais era comum, além de ser uma das razões principais para estagiar na promotoria: possibilitava a leitura atenta e o exame minucioso das provas existentes. Quando o réu era julgado, Izadora já havia decidido quanto à sua inocência ou culpabilidade. Bastava esperar que a sentença ratificasse o seu pré-julgamento.

Foi exatamente assim que atuou no caso do seu último condenado — um pedófilo inocentado em virtude da contaminação das provas. A "Teoria do Fruto da Árvore Envenenada" possibilitou-lhe saborear algumas *maçãzinhas* suculentas. Foi tão fácil atraí-lo. Conhecendo o processo todo, ela sabia exatamente os sites de bate-papo acessados por ele. Convencida de que não tardaria a ceder aos seus impulsos doentios, Izzy passou a frequentar o mesmo ambiente virtual e, então, não demorou para que se esbarrassem on-line:

Bublegum matadora09 on-line
***Smiley* on-line**

Smiley: Oi. Gostei do nick. Vc curte chiclete?
Bublegum matadora09: mt. <3 Quando minha mãe deixa...
Smiley: Esse 09 significa o quê?
Bublegum matadora09: q tenho 9 anos... derr!
Smiley: Ah... tá ☺ Trabalho numa doceria e consigo descolar uma caixa inteirinha de ChicleBum sabor cereja. Posso te entregar sem que tua mãe saiba...
Bublegum matadora09: ñ sei. Mamãe sempre diz pra ñ falar com estranhos.

Smiley: mas não sou estranho... sou seu amigo virtual. Quer ligar a câmera?
Bublegum matadora09: ñ. Tenho vergonha 😟
Smiley: Quer me encontrar perto da escola? Amanhã à tardinha, pode ser? Levo teus chicletes... e sua mãe nem precisa saber.

O cara era tão "doente" que foi fácil combinar o encontro no fim da tarde no ferro-velho abandonado, próximo à escola municipal. *Ermo e decadente.* Um ponto de encontro perfeito para quem achou que teria caminho livre para estuprar e sodomizar mais uma criança — exatamente como fizera com a vítima anterior.

Para Izzy foi um enorme prazer testemunhar a sua mudança de opinião.

Smiley arregalou os olhos empapuçados e fez uma careta quando percebeu uma menina beeeem crescidinha — acima do seu perfil de preferência. Em um macacão de couro preto e segurando um artefato reluzente, Izadora saiu de trás do que no passado havia sido um Monza Tubarão. Sua tentativa pífia de correr foi em vão. O desgraçado tombou praticamente aos pés dela graças à pistola de dardos carregados de um forte sonífero. Caiu estatelado como uma fruta podre.

Minha maçã podre...

Colocá-lo no porta-malas do carro e depois no cômodo aparelhado para o preparo de suas *iguarias* não foi difícil. Quando *Smiley* acordou, estava amarrado e deitado de barriga para baixo em uma mesa de aço escovado — parecida com as de necrotérios. Constatar o medo em seus olhos ao sentirem o metal frio e duro funcionava como *preliminar*. Izadora sentia a necessidade de fazê-los percorrer psicologicamente o mesmo caminho que o das vítimas. Queria ensiná-los empatia. Porém, não curtia tortura física. Por isso, abatia suas refeições com um tiro de ar comprimido na nuca. Dali em diante, com a lâmina afiada de sua *katana*, desmembrava o corpo como se cortasse um pedaço de pudim. Desossava-o com uma coleção de facas para sushi e, em seguida, limpava a pele e congelava os pedaços de carne para consumir ao longo das semanas. Terminada essa fase, ela realizava uma limpeza minuciosa no cômodo todo ladrilhado e com ralos. Usava água sanitária e cloro. Por fim, os ossos eram inseridos em uma fornalha.

E, assim, convencera-se de que, já que precisava comer, ao menos ia tornando o mundo um lugar melhor.

CAPÍTULO 2

O doutor Canavarro entrou no recinto, trazendo-a de volta de suas lembranças. Como o desprezava! A primeira vez em que ouvira falar dele fora através de colegas da faculdade. Lembrou-se do episódio em que um colega de turma comemorou o estágio com o advogado famoso, e do comentário aos cochichos que se seguiu:

— Ih, o Edu vai estagiar com um advogado famosinho que enriqueceu e fez nome defendendo a escória. Tomara que não vire um advogado de "porta de cadeia".

Desde aquele dia, Izadora passou a acompanhar os casos do doutor e descobriu que ele construiu sua carreira — e fortuna — representando os piores: traficantes, pedófilos, assassinos e corruptos. "Diga-me com quem tu andas e te direi quem és": sempre guardou o ditado da vózinha Nina como um precioso ensinamento.

Antevendo um possível fornecedor das suas iguarias, decidiu colar com o Edu, desejosa para saber mais. Foi moleza! Bastou pedir ajuda em um trabalho de direito penal para se aproximar dele e, então, o charme feminino e alguns encontros no barzinho próximo da faculdade fizeram com que o rapaz soltasse a língua.

— Me conta um pouco mais, Edu... — Izadora abriu um sorriso e tocou nas mãos dele.

— O que quer saber? — Debruçou-se sobre a mesa tentando claramente se aproximar do rosto dela.

— Ah, como é trabalhar com alguém tão famoso? Como ele faz para ganhar tantos casos? — Agarrou o copo à sua frente e levou-o à boca para evitar que o homem segurasse sua mão.

— Bom, isso fica só entre a gente, né? — Edu deu uma golada no chope e passou a língua no bigode de espuma.

— Claro... — Ela enrolou uma mecha do cabelo entre os dedos, enquanto forçava um sorriso encantador, com o intuito de destruir qualquer resistência. — Só entre a gente.

— Bom... — Nova golada na bebida. — Ele conhece todas as artimanhas e atalhos. O cara simplesmente é um craque! — Enfiou o palito na batata gordurosa que esfriava no pratinho entre eles. — Tem certeza de que você não quer? — Gesticulava com a batata empalada. Izadora balançou a cabeça para os lados. Edu jogou a fritura na boca e continuou enquanto mastigava. — E, pra completar, ele frequenta círculos de poder e tem os contatos certos. Dependendo da importância do cliente, as causas são definidas antes mesmo dos julgamentos. Aprendi que um bom advogado não é só o que peticiona e sustenta bem em audiência, vai muito além disso! — O tom de voz entregava a empolgação com esse outro lado da profissão. — É aquele que resolve os problemas antes mesmo de resultarem em um processo, se é que você me entende... e ainda tem alguns truques interessantes, especialmente em casos julgados por jurados.

— Como assim, truques? — Apoiou as duas mãos no queixo e os cotovelos na mesa.

— Sim. Para ele, a aparência é tudo! Não importa se o "freguês" é um desses trastes asquerosos de entranhas podres. Basta vestir o cliente com um dos ternos sob medida feitos por seu alfaiate pessoal, marcar um clareamento dentário e ensinar o desgraceira como faz para conquistar a simpatia dos jurados e do público. — Edu gargalhou. — Saca a cabeça baixa e cara de coitadinho... — Olhou para baixo e contraiu a boca, como se fosse chorar. — Tudo isso, aliado à completa destruição e desconstrução da figura da vítima, faz verdadeiros milagres. Estou aprendendo um outro lado da profissão, que nem imaginava quando entrei na faculdade.

Edu falava a verdade. Ela já havia visto vitórias do doutor Canavarro ditas como impossíveis, e que acabaram no seu prato.

Que homem asqueroso, Izzy pensou enquanto o observava atravessar todo o recinto. O cabelo cor de ébano era claramente pintado, e ainda por cima oleoso pelo exagero do gel usado para puxar os fios e assentá-los na nuca. Lembrava graxa e contrastava com o terno claro. As unhas feitas e brilhantes, graças ao esmalte incolor, não lhe conferiam um ar de limpeza. O jeito como olhava as mulheres, o sorrisinho de canto de boca e a barriga protuberante — mal-disfarçada pelos paletós bem cortados — arrematavam o *look*. Difícil conceber que alguma mulher transasse com ele. No entanto, olhando unicamente por um prisma gastronômico, depois de despelado, a gordura entranhada na carne deveria conferir-lhe um sabor especial, como um *kobe bife*. Izadora sentiu a barriga roncar e a língua estalar com esse pensamento. Um dia, quem sabe, teria o prazer de saboreá-lo e, com isso, fazer cessar uma série de absolvições desmerecidas.

Desviou o olhar do advogado para o jovem juiz. O rapaz ocupava o lugar mais alto da tribuna. Apesar de não ter uma aparência sisuda e inalcançável, passava seriedade aos presentes. Ela também vinha acompanhando sua carreira há algum tempo, porém por motivos totalmente opostos. Tinha a impressão de que ele era um daqueles jovens honestos, idealistas. Do tipo que escolhe a profissão com o verdadeiro ímpeto de garantir a justiça social, a punição de culpados e a pacificação da sociedade. Inclusive, já escutara seu chefe o elogiando por uma de suas maiores preocupações: possibilitar a todos um julgamento justo. *Homão e virtuoso, coisa rara nesse meio*, e ao sentir o corpo aquecer, decidiu focar em outro personagem do cenário.

Passou a observar o promotor, que também estava posicionado aguardando o início do julgamento. Izzy podia ver o topo da sua careca reluzindo atrás de uma pilha de livros e da cópia do processo. Doutor Alberto fora um de seus professores preferidos na faculdade e, apesar de saber que estava aprendendo com um dos melhores, ela não conseguia deixar de pensar que o estágio tinha como propósito principal forrar-lhe o estômago.

Um forte burburinho reverberou quando o "Psicopata do Abecedário" foi conduzido ao centro do palco pelo Oficial de Justiça. Izzy havia visto sua foto no processo, inacreditavelmente com a FAC (Folhas de Antecedentes Criminais) limpa, mas era a primeira vez que o via pessoalmente, e ficou chocada. Aquele intitulado "O Alfa" tinha uma imagem bem diferente da que concebera ao ler os jornais. Era quase uma figura simplória, dessas socialmente invisíveis. Estava vestido com a melhor roupa que o dinheiro podia comprar, mas isso não disfarçava os ombros curvados, o olhar inquieto e as mãos na boca, num claro indício de nervosismo. O cabelo fino que lembrava pelo de rato, apesar de penteado para o lado, também não ajudava. O homem, personagem principal do espetáculo, era apagado. Não tinha brilho algum.

Encarando o réu, Izzy repassou mentalmente as informações do processo, como se estivesse se certificando de que aquela figura seria capaz de ser responsável pelos atos ali julgados. Não havia vítima viva para testemunhar. A maioria das provas apresentadas eram circunstanciais: uma pegada com tamanho similar ao pé do réu deixada na sala da terceira vítima, Carla; a sola de uma bota que, pelo desenho, encaixava-se em um modelo usado por ele; a gravação de uma câmera, na qual aparece sentado à mesa de uma praça de alimentação próximo à segunda vítima, Beth, levantando-se logo após ela fazer o mesmo; luvas cirúrgicas e bisturis encontrados em sua casa; e uma vizinha que, após ouvir gritos, viu-o deixando a residência da quarta vítima, Danika. A única prova que os havia conduzido até aquele momento era a confissão do acusado na Delegacia de Polícia.

Assim, o julgamento começou com a oitiva da tal vizinha. Era uma senhora de cerca de 70 anos, baixa, que trajava um vestido florido com um casaquinho rosa, meias listradas e uma touca. Tinha uma aparência um tanto excêntrica.

— Senhora Cruz, por favor, sente-se ali. — Apontou o juiz e, enquanto ela caminhava vagarosamente até a cadeira, ele prosseguiu. — Nós vamos lhe fazer algumas perguntas. Inicialmente, serei eu; depois, o promotor e, por fim, o Advogado de Defesa. A senhora responda com calma e, se precisar de um tempo, é só mencionar.

Foram perguntados seus hábitos, se costumava dormir tarde, se o homem que ela havia visto naquela noite estaria na sala e, no caso de afirmativa a resposta, que o apontasse, sendo registrado que a testemunha apontara o réu. Aparentando satisfação com o reconhecimento do acusado pela testemunha-chave, o promotor encerrou os seus questionamentos, e o doutor Canavarro iniciou a sua inquirição.

— Bom dia, Sra. Cruz. A senhora está muito bonita hoje! — Ele deu um risinho. O comentário arrancou um sorriso da pobre.

— Obrigada — apalpou os cachos que saíam por baixo da touca, indicando ter gostado do elogio.

— A senhora sabe a distância que existe entre a janela do seu apartamento e a calçada do outro lado da rua?

— Não. Mas não é muito distante e enxergo perfeitamente bem.

— Eu acredito que a senhora crê ter uma boa visão, mas medi a distância e tem cerca de trinta metros. A rua é larga. — Doutor Canavarro girou nos calcanhares e encarou o juiz. — Excelência, eu gostaria de fazer uma experiência, se assim me permitir.

— Pode prosseguir, doutor, mas sem exageros — ele frisou a última palavra aumentando o tom da voz.

— Senhora Cruz, a senhora pode me acompanhar até o final da sala, por favor?

A testemunha levantou-se da cadeira e se posicionou, como gado na porta do matadouro. Izzy inquietou-se, antevendo o que o doutor Canavarro pretendia.

— A senhora consegue ver daí nitidamente as feições do réu? Antes que responda, quero relembrar que falso testemunho é crime! — Ele levantou o dedo indicador de forma teatral.

Ela titubeou. Emitiu algumas palavras incompreensíveis e não respondeu.

— Não é verdade que a senhora sofre de catarata e que, inclusive, está com cirurgia marcada?

— Sim, mas eu enxergo bem… — A Sra. Cruz franziu as sobrancelhas e fechou a cara.

— A senhora me parece ser uma pessoa centrada com os seus gastos. Podemos dizer até que é poupadora.

— Sim… sim… sempre fui — ergueu levemente o queixo.

— Então, me esclareça essa dúvida… por que uma pessoa que enxerga bem usaria suas economias para pagar uma operação desnecessária?

Ela olhou para o simpático juiz, como se buscasse sua intervenção, mas não obteve ajuda.

— Excelência, a testemunha não respondeu à pergunta… — reclamou o advogado.

— A senhora pode responder, por favor — ordenou o magistrado.

— É verdade que tenho catarata e que vou operar, mas a minha visão é praticamente perfeita! — Respondeu a Sra. Cruz em um tom esganiçado.

— O que está em jogo aqui é a condenação de um inocente, Sra. Cruz. "Praticamente" não é o ideal! — Ele sacudiu o indicador como se estivesse dando uma bronca em uma criança pequena. — Então, para encerrarmos essa celeuma, diga-me, daí onde a senhora está… quantos dedos eu estou mostrando? — Ele fez a pergunta mostrando três dedos, mas, dependendo da posição de quem olhasse, poderiam parecer dois.

— Dois! — respondeu de forma enfática.

— Excelência, que fique claro ao júri que eu mostrei três.

A afirmação gerou novo rebuliço na plateia e um sorriso de canto de boca no doutor Canavarro. Uma campainha alta tocou, seguida pela ordem de silêncio do magistrado. Quando o público finalmente se silenciou, o juiz solicitou que a senhora Cruz retornasse à cadeira das testemunhas e concedeu novamente a palavra à defesa.

— Não é verdade que, na semana do crime, a senhora fez uma reclamação na Prefeitura?

— Sim, eu pago meus impostos e tenho o direito de reclamar... — a velha disse as últimas palavras de forma um pouco mais exaltada.

— E do que se tratava?

— Era sobre um poste sem iluminação. A luz queimou e o trecho ficou mais escuro — a Sra. Cruz olhou para os jurados, como se buscasse a concordância deles. — Isso é um perigo! A falta de iluminação aumenta a possibilidade de assaltos.

— Esse poste não era próximo à entrada do prédio da vítima Danika?

— Era, mas isso não impediu...

— Excelência, sem mais perguntas. — o causídico disse, cortando a resposta. — A testemunha pode ser dispensada.

Izzy nada podia fazer naquele momento. Teria que permanecer inerte, digerindo a sua irritação, enquanto via a Sra. Cruz ser trucidada. A única testemunha do fato foi totalmente desacreditada. Conforme comentários entreouvidos por ela na plateia, o doutor Canavarro, de forma brilhante, desenhara a Sra. Cruz como uma velha cegueta e solitária que só queria aparecer. Para piorar, as testemunhas que se seguiram foram todas arroladas pela defesa. Izzy desprezava as testemunhas de caráter simplesmente por não saberem nada sobre os fatos e servirem apenas para relatar que o acusado é boa pessoa, trabalhador e homem de bem. Se a prova testemunhal era tida por *prostituta das provas*, o testemunho de caráter tinha valoração ínfima para ela, até porque nunca vira parente ou amigo de um réu qualificá-lo como menos do que um anjo sem asas.

O interrogatório se iniciou em seguida.

O acusado negou tudo, inclusive a confissão em sede policial. Justificou ter confessado mediante coerção dos policiais.

A afirmação quase a fez perder a paciência. Ela havia lido o depoimento e conhecia os policiais civis que o haviam conduzido. Sabia que existiam os que desonravam o cargo, mas aqueles que o Alfa acusava eram bons policiais. Recriminou-se por se irritar. Deveria ter imaginado que usariam essa linha de defesa tão comum por parte do doutor Canavarro. Uma ponta de esperança surgiu com o pensamento de que talvez o promotor pudesse ter se antecipado, dado o *script* repetido. Isso lhe permitiria rechaçar em sua exposição oral essa tentativa absurda de desmerecer a confissão, prova principal do caso e cerne da questão.

O dia estava terminando. Com o fim do interrogatório, o julgamento seria suspenso até a manhã seguinte. Retornaria para a sua casa e para uma das últimas porções do *Smiley*. Antes de sair, esperou a sala se esvaziar.

Sozinha, naquele local imponente, não resistiu e se dirigiu até a tribuna. O salto alto não fez barulho no piso acarpetado. Encantada pela madeira talhada, passou a mão no cedro que compunha a mesa. *Firme e macio*, sentiu. *Ambíguo*, pensou. Contornou-a e decidiu experimentar a cadeira mais importante do aposento, uma poltrona reclinável em couro preto. Era confortável. Sentada, pensou em como seria se coubesse a ela as decisões e, imersa em sua imaginação, na qual degustava um pedaço do seu kobe bife, não percebeu quando ele entrou.

— Cadeira confortável, não é? Precisa ser, do contrário minha coluna não aguentaria — disse Arthur.

Constrangida, ela fez menção de descer, mas ele a impediu.

— Está tudo bem. Pode ficar aí. Não sou ciumento — piscou para ela. — Você é a estagiária da promotoria, certo? Já te vi pelo Tribunal.

Quer dizer que ele também me notou. As bochechas esquentaram, mas isso praticamente não lhe conferiu cor alguma a mais no rosto.

— Gosta de casos criminais? — Os olhos verdes eram matizados com cor de mel, que circundava as pupilas levemente dilatadas.

— Sim. Praticamente todo estudante de Direito gosta, não é? Basta que o senhor repare em como a sala fica cheia em comparação às audiências cíveis. — Izadora contorcia as mãos por baixo da mesa. A vergonha de ser flagrada ali a incendiava por dentro.

— Pode me tratar por você… Mas algo me diz que gosta mais que os outros. Quem sabe, no futuro, não terei uma nobre colega? — ele abriu um sorriso, que mostrava os dentes perfeitos e formava covinhas nos cantos da boca.

Ela o encarou, mas sem poder responder o que lhe veio à mente, esboçou um sorriso tímido.

— Vou sair para jantar. Gostaria de me acompanhar? — ele convidou em um rompante.

— Eu gostaria muito, mas minha dieta alimentar é muito restrita. — A desculpa tinha um fundo de verdade.

— Hum… celíaca, diabética, intolerante à lactose? Tenho certeza de que podemos encontrar algo que possa comer.

— Quem sabe na próxima… — Izadora fez menção de se levantar.

— Poxa, que pena! Eu adoraria ter companhia esta noite — disse, desfazendo o sorriso e esfregando os olhos em um sinal de cansaço. — Seria muito bom ter com quem conversar amenidades… — completou com um suspiro. — Bom, já que jantarei sozinho, até amanhã.

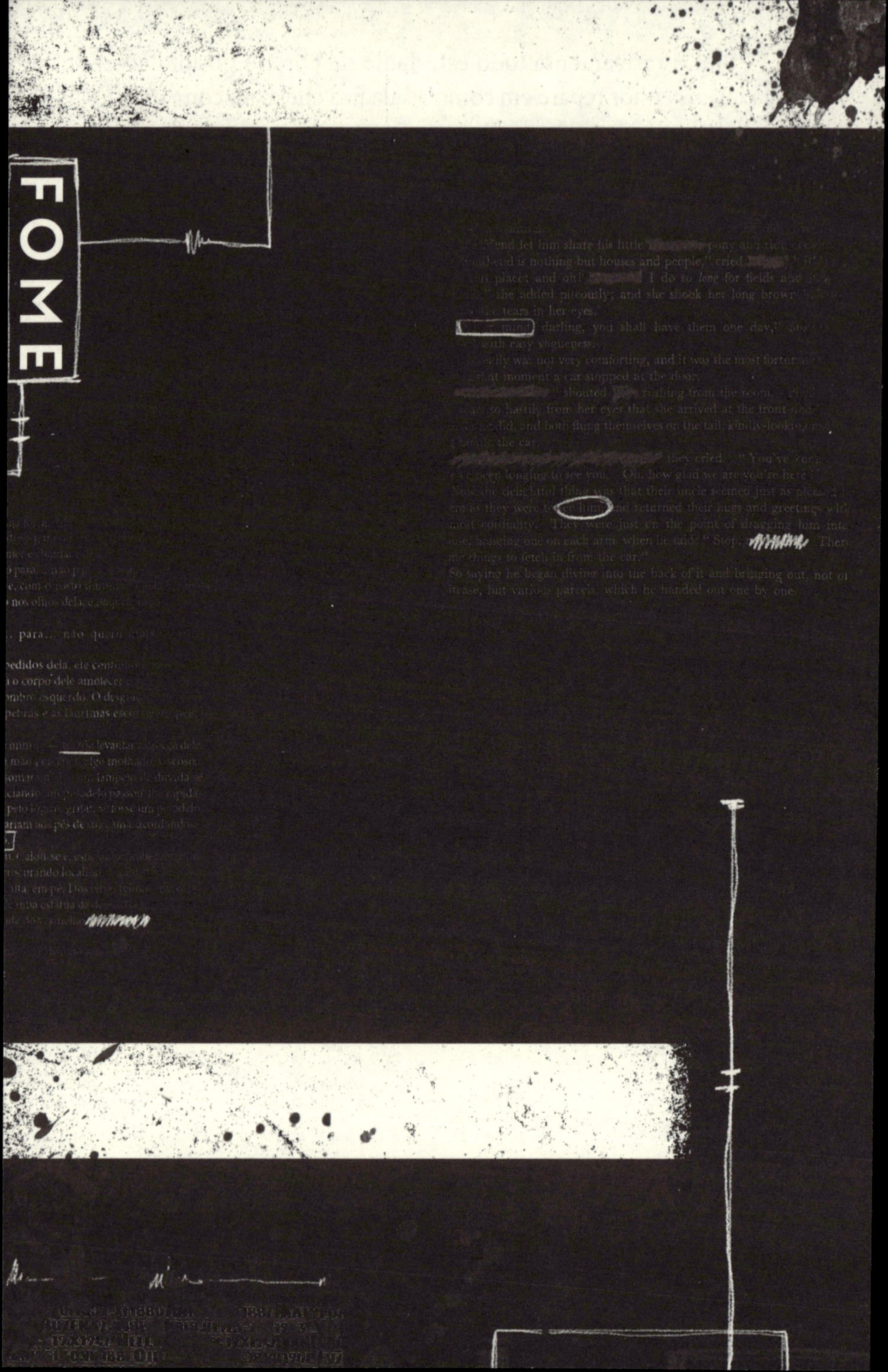
FOME

CAPÍTULO 3

Izzy subiu os dois lances de escada do pequeno prédio pulando os degraus.

A barriga berrava de fome. Caso não fornecesse ao estômago o que ele queria, o próximo passo seria a perda de seus freios morais com a possibilidade real de degustar o vizinho do apartamento ao lado. Não que isso fosse ruim... havia escutado o som seco de um corpo apanhando, acompanhado de choro e gemidos. O homem espancava a namorada. Quando Izadora chamou a polícia, nada pôde ser feito. A moça alegou que havia caído no box do banheiro e se recusou a ir com os policiais até a delegacia.

Ao se deparar com a porta do apartamento 201, remexeu o conteúdo da bolsa buscando as chaves, e as inseriu na fechadura. Com o *click*, encontrou outro animal morto de fome sentado no braço largo do sofá. O gato tigrado — vira-lata puríssimo — pulou em seu colo. Nesses últimos quinze anos, quando passou a viver de forma diferente, só se permitira se aproximar e nutrir sentimentos pelos animais. Gatos, em geral. Eles a entendiam, não a achavam um monstro. Afinal, por baixo daquela aparente camada de fofura, também havia um predador de sete vidas.

— Vem, meu amor! Vem comigo… vou colocar sua comida — disse conduzindo o gato até a pequena cozinha, enquanto ele se esfregava em suas pernas.

O cômodo não era grande. Cabiam uma geladeira, um freezer e um fogão de quatro bocas — que praticamente não tinha uso.

Izadora abriu uma das portas do armário suspenso e pegou um saco de ração. Deixou Eugene se deliciando com as Mini-Bits em formato de peixe e retirou da geladeira um pedaço de carne que havia deixado descongelando.

O cheiro dominou o ambiente. No passado, ela odiava passar em frente a açougues. Prendia a respiração para impedir que o odor de carne exposta invadisse as suas narinas e a deixasse enjoada. Agora, causava nela o mesmo efeito que nas demais feras: abria ainda mais o seu apetite.

Ao cortar *Smiley* em fatias com espessura própria para *sashimis*, a lembrança da mãe fazendo sopa de letrinhas a abraçou por trás. Quando criança, se divertia tanto ao lado de Julia — sua irmã quatro anos mais nova — caçando todas as letras do alfabeto. Ela parou o corte no meio do movimento e respirou fundo. A memória trazia saudades de uma vida impossível de ser retomada.

Forçou-se a afastar o pensamento e ligou a televisão. Buscava qualquer distração. Não estava a fim de se martirizar naquela noite e procurou logo sua série favorita no canal de *streaming*.

Apoiada no balcão da cozinha americana, temperava o molho *shoyu* com *wasabi* e gergelim, mexendo delicadamente com o *hashi*. Em sua antiga vida, Izzy possuía verdadeira fissura por comida japonesa. Procurou, então, adequar esse hábito à sua nova realidade. Além disso, os tenros nacos de carne ficavam muito mais saborosos daquela maneira. Não era enjoativo comer a mesma coisa sempre. Cada corte, com as suas diferentes procedências, acabava tendo um sabor distinto. Certa vez — e uma das únicas em que arriscou usar o fogão — saudosa de um bom pedaço de filé, resolveu fritar a peça. O cheiro exalado da frigideira era maravilhoso. No entanto, percebeu que se saciou menos e que teve fome muito mais rápido.

Como o seu ingrediente principal não é vendido no supermercado, precisava racionar a comida e fazê-lo durar. Passou, assim, a consumir apenas a carne crua.

Sentada mais uma noite no seu espaçoso sofá de três lugares, tendo por companhias Eugene e a TV de tela plana, Izadora abriu uma garrafa de vinho.

— Tim-Tim! — Ergueu a taça na direção do gato que lambia a perna esticada para cima, ignorando o brinde solitário. Ela podia beber. O álcool apenas não a embriagava, mas aumentava a sua fome, por isso ela consumia com moderação.

O rosto de Arthur apareceu na sua frente. Há muito se blindara de forma competente, não permitindo que homem algum se aproximasse. Por que então, agora, estaria tão mexida?

Ok, reconhecia que o juiz era muito atraente. Ela, com 1,74 metros de altura, sempre preferira homens com mais de um e oitenta — o que ele, obviamente, tinha. Mesmo com um salto de sete centímetros, Arthur ainda lhe ganhava em tamanho. Porém, não era só isso... Pensou nos braços fortes que ela conseguiu divisar quando ele estava sem a toga, mas a atração também não se limitava ao físico. Lembrou-se, então, do olhar franco, do sorriso perfeito e do rosto bonito e simétrico, mas que exalava uma certa tristeza, e sentiu um pulsar entre as pernas.

Correu para o banheiro e se enfiou num banho frio. Ouvia na sua JBL "Gotta Be Somebody", do Nickelback, enquanto a água lavava o gosto salgado que alcançava os seus lábios. Terminou a noite mais uma vez deitada sozinha na sua cama tamanho queen, tendo somente Eugene como companhia, e caiu no sono pensando em que mal haveria se tivesse aceitado o convite dele.

No dia seguinte, quase perdeu a hora.

Seu reflexo no enorme espelho retangular do banheiro mostrava que o choro e a noite mal dormida cobravam seu preço. *Quantas vezes acordei sobressaltada? Nem sei mais.* As lembranças que ela procurava borrar chegavam nítidas, chutando a porta durante o sono. Como cenas que se sucedem freneticamente em um trailer de filme de terror, estavam todas lá: Dr. Graça-Forte entrando esbaforido pelo laboratório com aquela notícia extraordinária que mudaria tudo: a pesquisa de uma nova forma de malária ficaria a cargo dela. O acampamento solitário e úmido na floresta; a descoberta dos primeiros corpos de macacos; o mal-estar que a nocauteou; o corpo dolorido e a mente confusa ao acordar naquela oca; a dor grotesca que parecia cravar as unhas pontudas em suas entranhas, fazendo com que gritasse até arderem as cordas vocais; o cadáver do indígena velho, literalmente despedaçado, e o gosto de ferro que se apossou da sua boca ao mesmo tempo em que aquela fome bestial, curiosamente, desaparecia; a corrida instintiva e desesperada pela sua vida, ainda que, no fundo, soubesse que dali em diante sobraria apenas um arremedo dela. Essas lembranças estavam todas lá, mais uma vez, para alertá-la de que não podia ter um gostinho sequer de *normalidade*.

Encarando o rosto pálido e os olhos um pouco inchados, fez força para calar a revolta que gritava em seus ouvidos — efeito rebote usual do pesadelo — e carregou um pouquinho mais na maquiagem que o habitual, quase se sentindo uma pessoa comum ao se ver preocupada com o arroxeado *à la panda* que fizera em vez de garantir um tom de pele natural ao rosto. Enfiava pela cabeça um vestido risca de giz quando o seu celular tocou. Era o chefe questionando se ela faltaria ao trabalho.

— Chego em quinze minutos — disse, e saiu afobada apartamento afora, quase esbarrando no verme-espancador-do-202, que parecia perfeito para o café da manhã.

"Outta my way, outta my day, out of your mind and into mine." A música tomou o pequeno carro como ondas invadindo uma pequena embarcação durante o mar revolto. Ouvir rock pela manhã, enquanto dirigia, deixava-a com um tremendo bom humor — era uma espécie de válvula de escape diante do trânsito irritante da cidade. Naquele dia, porém, o efeito não foi o de sempre.

Izzy arrancou da garagem no seu Cherry QQ vermelho. Odiava chegar atrasada.

Dada a sua habilidade no volante e o tamanho do carro, conseguiu encaixá-lo nos espaços mais improváveis, levando a metade do tempo que um carro maior — ou que um motorista com o braço mais duro ou menos audacioso — levaria. Mal deu tempo de ouvir metade da sua *playlist*.

Estacionou o veículo em uma vaga quase impossível e subiu a escadaria do prédio do Fórum como um furacão. A sessão estava marcada para nove da manhã e já tinham se passado vinte minutos do horário.

Izadora empurrou a porta dupla que dava acesso ao salão do júri com mais força que o habitual, escancarando a entrada e fazendo com que todos os olhos se voltassem para ela, inclusive os de Arthur.

— Bom dia, doutora — disse ele com um sorriso luminoso, do alto da tribuna. — A senhora chegou a tempo... estamos para começar agora.

— B-bom dia... — ela sabia que estavam em uma sala enorme, repleta de estranhos, mas o olhar magnético daquele homem a fez esquecer daquele detalhe por um instante.

— Creio que ainda haja lugar no plenário... — ele apontou para um espaço na sexta fileira.

O quarteto de meninas do dia anterior fuzilou Izadora enquanto ela se dirigia ao local indicado.

A sessão reiniciou com a exposição oral do promotor. Durante aquela uma hora e meia de fala da acusação, na qual doutor Alberto desenhou o caso contra o réu, Izzy pôde contar nos dedos das duas mãos quantas vezes seu olhar e o de Arthur se cruzaram.

Então, foi a vez de a defesa se manifestar. Uma a uma, as provas foram desmontadas.

— Senhores jurados, prestem atenção nesta bota — disse Canavarro com um sapato nas mãos. — É um modelo comum, comprado em uma loja de departamentos bastante conhecida. Solicitei um relatório da fábrica de quantos exemplares foram vendidos deste modelo, que possui a sola consistente com a pegada deixada no local, e, pasmem, senhores! Foram dois mil pares vendidos em todo o país — sacudindo o sapato acima da cabeça. — Eu, particularmente, não os tenho, porque não fazem meu estilo, mas é um modelo bem popular. — Apoiou o pé da bota na bancada dos jurados e encarou um por um. — E quantos homens não calçam tamanho 42? Eu mesmo calço esse tamanho e ouso apostar que um dos senhores que compõem o Conselho de Sentença também. Isso os transforma em assassinos, por acaso? — Ele acumulava saliva no canto direito da boca. — Um pé de sapato? Ora, faça-me um favor! E o que um vídeo de um homem sentado em uma praça de alimentação pode provar? Que ele foi passear, resolveu ir ao cinema e matou a família? — disse com as mãos na cintura, arrancando risos da plateia e sorrindo com ar triunfal.

A campainha soou alto.

— Silêncio! Advirto ao público que não pode se manifestar, do contrário mandarei esvaziar o Plenário. — Arthur não parecia preocupado em perder o controle do seu tribunal, mas a ruga em sua testa deu a Izzy a nítida impressão de que ele nutria antipatia pelas táticas do advogado.

Com o recinto finalmente em silêncio, o homem retomou:

— Ora, a vítima e o acusado estavam coincidentemente no mesmo local, assim como centenas de pessoas. Sabemos que um dos passatempos modernos é justamente passear no shopping. Ouso afirmar que se os senhores condenarem o réu em razão disso, um dia sofrerão a mesma injustiça e serão penalizados unicamente por estarem no lugar errado, na hora errada! Que-pro-va-é-es-sa? — Pegou a sua cópia do processo e bateu repetidamente na capa a cada sílaba cantada. — Não merece sequer ser considerada de tão frágil!

Canavarro parou alguns segundos e apoiou o antebraço no

batente da porta que separava o plenário da sala secreta. Parecia estar recuperando o fôlego.

— Possivelmente os senhores devem estar se perguntando quanto às luvas e aos bisturis encontrados na residência do acusado — retomou. — Pois, senhores jurados, nada provam! Não foram localizados traços de sangue humano e DNA, e meu cliente tem como hobby a taxidermia. Sobra, assim, a confissão... prova colhida por meio de tortura! Ilícita! Prova que não pode ser valorada!

— Um aparte, Excelência! Um aparte! — O promotor franziu as sobrancelhas e contraiu os lábios. — Não há qualquer prova da *coerção* alegada pelo meu nobre colega, e a confissão foi obtida de modo legal. A defesa faz alegações descabidas apenas para confundir os jurados.

Apesar das explicações da acusação, Izzy sentiu que a cena se desenhava para o desfecho temido. Canavarro posicionou-se para concluir o seu encerramento. Apoiando ambas as mãos na tribuna reservada aos jurados, encarou cada um deles. Depois, alcançou a sua cópia encadernada do processo, que repousava em frente ao jurado número três, e a atirou com força ao chão, causando uma tremenda surpresa, dadas as reações da plateia.

— Saibam, senhores jurados, que as acusações naquele processo são falácias absurdas! Eu somente aceito casos de homens inocentes, pois sou um servo de Deus! Dei a melhor defesa que o dinheiro poderia comprar, gratuitamente, por acreditar piamente na inocência do homem ali posto sob o julgamento de todos os presentes — Apontando para o Alfa que se encontrava de cabeça baixa, com os cotovelos apoiados nos joelhos e as mãos juntas, aparentando uma inacreditável fragilidade. — Encerro aqui minha fala, pugnando que Vossas Excelências absolvam o réu, eis que Deus não coaduna com injustiças... E, se a justiça do homem é falha — apoiou-se na cerca que separa a tribuna do restante da sala e se ajoelhou com dificuldade, graças ao seu tamanho, para em seguida abrir os braços, espalmar as mãos e mirar o teto —, a de nosso Pai, não! Obrigado pela atenção — encerrou, sendo auxiliado a se levantar pelo advogado assistente que o acompanhava.

Que palhaçada. O gosto de bile explodiu no fundo da goela. Izadora estava enojada com todo aquele teatro.

O advogado retornou ao seu lugar aparentando satisfação. Ele sacou um lenço de pano bordado que carregava no bolso do paletó e secou a testa oleosa. Os pequenos olhos pretos sorriam, possivelmente envaidecidos por aquela atuação canastrona.

Arthur ordenou que os jurados se recolhessem para a Sala Secreta e o ambiente instantaneamente pesou. Havia muita coisa em jogo para Izadora. O veredito traçaria não só o destino do Alfa, mas também o dela: estocava somente mais uma porção do *Smiley*. Suas mãos umedeceram e o rosto formigava, como se milhares de patas invisíveis caminhassem por ele.

Izadora fechou os olhos.

Não posso ficar sem comer. Vou acabar deixando as partes instintiva e animalesca dominarem a minha lógica e o meu coração.

Ela tinha verdadeiro pavor de sentir fome e do resultado disso. Sabia que perderia o controle, mantido com tanto sacrifício. A ansiedade a rondava feito um animal selvagem guardando sua presa. Resolveu, assim, acalmar-se fitando o acusado. Ele tinha os olhos fixos nos próprios pés e parecia aterrorizado.

Vinte minutos depois, os sete jurados retornaram, em fila indiana, aos seus lugares. Já havia uma decisão. Arthur entrou em seguida e tomou a sua cadeira. Carregava o veredito.

Era como se tudo ao seu redor estivesse suspenso no tempo. Izzy ouvia os próprios batimentos cardíacos, e a respiração acelerou. O plenário inteiro se mantinha em silêncio, na expectativa do resultado. O juiz segurava a sentença, mas não a lia em voz alta. Parecia alheio ao que se passava ao seu redor. Parentes das vítimas se abraçavam enquanto esperavam o final daquele triste espetáculo para poderem se entregar ao luto e tentarem seguir com suas vidas. Alguém entrou em um pranto compulsivo e o barulho chamou finalmente a atenção de Arthur. Ele postou-se de pé, olhou para a plateia e deu um profundo suspiro.

— Submetido os quesitos à votação pelos ilustres membros do júri, estes ABSOLVEM o réu de todas as acusações.

A sala foi tomada pela algazarra enquanto o espocar das máquinas fotográficas se fazia ouvir.

Izadora permaneceu sentada. Observava o acusado e o doutor Canavarro se cumprimentarem fervorosamente, o promotor deixar o recinto cabisbaixo, e o plenário se esvaziar, levando todo o estardalhaço para os corredores do Fórum. Absorvia o acontecido e repassava mentalmente como faria para atrair "O Alfa".

FOME

CAPÍTULO 4

Arthur recolhia os seus pertences, pensativo. Era humano e, portanto, tinha suas próprias convicções quanto ao caso. Sempre preferiu absolver um culpado a condenar um inocente e foi esse pensamento que o confortou um pouco.

Juntou os seus códigos, a caneta e o celular, e enquanto assinava as últimas laudas do processo, não conseguiu deixar de olhar para aquela moça dos olhos tristes e profundos — como os olhos de um afogado — que tanto o atraíam. Decidiu abordá-la mais uma vez e tentar conversar um pouco, conhecê-la melhor.

Desceu da tribuna e se dirigiu à fileira onde Izadora permanecia sentada. A alguns passos da moça, percebeu que ela estava com os olhos focados no chão e absorta em seu próprio mundo. Sequer havia se dado conta da sua presença ali.

Melhor deixar pra lá, Arthur. Vai para casa descansar.

Desceu para a garagem do Fórum e, no caminho, seu celular tocou.

— Oi, mãe… está tudo bem? — Tentou disfarçar a preocupação na voz.

— Oi, meu filho, liguei pra saber de você… intuição de mãe, sabe?

— Estou bem, mãe. Como você tá?

— Você sabe que tem dias bons e dias ruins, né? Hoje foi um dia ruim.

— Sinto muito, mãe… de verdade! — Ele passou a mão livre na cabeça bagunçando os fios normalmente arrumados.

— Deixa disso, meu amor! Você não pode se culpar.

— Você sabe que isso não é verdade.

— Arthur, não foi por isso que liguei… queria saber de você e também pedir pra depositar neste mês um valor a mais para sessões extras de psicoterapia.

— Pode deixar. Bença, mãe!

— Bença, meu filho… fique bem, tá?

Arthur desligou o telefone decidido a não ir mais direto para casa. Ao ligar o carro, já sabia o seu destino. Atravessou o centro da cidade e estacionou em uma rua famosa por seus inferninhos.

Tateou o porta-luvas atrás do boné guardado para essas horas. Enfiou-o na cabeça e saltou. Conferiu os dois lados da rua antes de atravessar e, atingindo a calçada, retirou do bolso da calça uma nota de cinquenta reais.

— Pra você comer alguma coisa, Manel — entregou ao morador de rua deitado debaixo da marquise —, e se aquecer nesta noite fria.

— Boa noite, dotô! Pensei que o senhor não viesse mais… — O homem sorriu satisfeito.

— Eu também pensei, mas pelo visto isso aqui faz mais efeito que terapia.

— Já falei que esse lugar não é pra gente do nível do senhor…

Arthur respondeu o comentário com um abanar de mãos e, após acenar com a cabeça para um segurança brutamontes, entrou no estabelecimento.

Ultrapassada a entrada, ele passou por um comprido corredor. No fim dele, uma porta de vaivém apareceu e, então, um grande salão se descortinou.

Uma mistura de suor e *Bom Ar* lhe deu logo as boas-vindas.

O salão fervia, com quase todas as mesas e cadeiras ocupadas. A empolgação era maior naquelas próximas ao palco — um tablado no formato de um "T" invertido, com duas barras de *pole dance* em aço inoxidável, uma em cada extremidade. Duas garotas se penduravam nas barras. Enroscavam seus corpos no metal reluzente, vestindo apenas um fiapo na parte de baixo ao som de "Fever", versão da Madonna.

Arthur escolheu uma mesa lateral mais ao fundo do salão, perto do bar. Garçonetes circulavam seminuas e, assim que o viram, uma delas se aproximou.

— Oi, doutor! Que bom ver você essa noite... vai querer tomar alguma coisa? — A pergunta era quase retórica. Ele sempre escolhia o mesmo drinque. Com prateleiras repletas de bebidas baratas, ali não era lugar de Prosecco ou Cabernet Sauvignon, mas sim de bebidas destiladas, tomadas no estilo *cowboy*.

— Um *Red Label*...

— Hoje não tem... — ela balançou a cabeça.

— *Chivas*?

— Uhm uhm... O Careca não renovou o estoque.

— O doze anos que a casa tiver, por favor — pediu, esperando que não tivesse uma puta dor de cabeça no dia seguinte.

A moça anotou o pedido e se dirigiu até o bar, sendo abordada por outra garçonete no caminho. Enquanto o *bartender* derramava o líquido âmbar no copo baixo, ambas conversavam entre risinhos e olhares de esguelha em sua direção.

Arthur sabia que causava estranheza nas meninas. Suellen, uma das funcionárias mais antigas, havia lhe contado. Não entendiam por que um homem bonito e educado frequentava o local e, diferente da maioria, não se aproveitava delas. Ao contrário, enquanto bebericava algumas doses de uísque, ele observava as meninas e escolhia a que aparentava maior cansaço para lhe pagar pela noite e possibilitar a sua volta para casa mais cedo. Depois, seguia para a outra atividade que o estabelecimento proporcionava.

Uísque servido, ele virou de uma só vez a bebida e se levantou.

Cruzou o salão a passos firmes de olho na porta localizada ao lado esquerdo do fundo do bar. A entrada era guardada por um outro *armário*.

— Senha… — O homem grunhiu.

— Tá de sacanagem? Nunca teve senha pra acessar o clube.

— Agora tem. Estamos selecionando os frequentadores. — O homem cruzou os braços enormes na frente do peito. A mensagem era clara: "sem senha, não entra".

— Chama o Careca!

O segurança passou uma mensagem pelo rádio e respondeu que o gerente estava terminando uma contabilidade e já vinha. Só que todo mundo sabia, inclusive Arthur, que "contabilidade" era a desculpa usada quando ele se servia de alguma garota.

Esperar o Careca gozar não estava nos seus planos.

Com os braços pousados ao lado do corpo, Arthur disfarçadamente fechou o punho preparando um soco, mas um toque no seu cotovelo o interrompeu. Era Suellen pedindo que pagasse uma bebida.

Sentaram-se lado a lado no bar. A moça virou a banqueta e se debruçou, aproximando-se da orelha dele. O hálito de uísque e bala *Halls* fugiu dos lábios vermelhos perfumando o ar enquanto ela cochichava a senha.

— Dá um tempo bebendo aqui comigo e depois você vai. Assim não me expõe.

— Pode deixar…

Terminaram a dose quase ao mesmo tempo. Arthur colocou o copo na bancada e apoiou as mãos nas coxas, indicando que ia se levantar. Uma leve pressão no braço interrompeu o seu movimento. Eram os dedos longos, com unhas compridas vermelhas, de Suellen. A moça o segurava e aproximou novamente a boca do seu ouvido.

— Tem certeza de que você prefere gastar seu tempo com aquilo? — Miou. — Eu saio em 25 minutos — o hálito perfumado o tentava. — Posso lhe dar uma noite com muito mais emoção. Deixo você fazer o que quiser… — pronunciou essas últimas palavras bem devagar.

Quem disse que ele buscava emoção?

Não, sua motivação era outra, algo que a moça não podia lhe dar.

Não levou muito tempo e Arthur voltou à porta proibida.

— Senha?

— *Contender...*

— Pode passar... — o segurança empurrou a chapa de aço e moveu-se para o lado.

Uma escada longa que levava ao subsolo era o que o armário guardava com fidelidade canina. A cada degrau, Arthur rememorava a conversa com a mãe, e isso funcionou como uma injeção de adrenalina.

No final da escada havia outra porta de chapa de aço. Decidido, espalmou o metal frio e entrou em uma sala lotada, fedida de suor e de sangue.

Uma pequena multidão em volta do centro do cômodo berrava e torcia de forma fanática enquanto dois lutadores trocavam socos. Sem móveis — todos os objetos que podiam virar armas em uma briga foram retirados —, a sala era um ringue.

A tabela de apostas, escrita a giz em uma parede forrada com papel imitando lousa, pagava 4 × 1 no vencedor da luta contra "o Torneiro".

O Torneiro era um dos lutadores mais fortes e impiedosos do clube. As juntas dos seus dedos pareciam ser de ferro. Arthur já havia testemunhado o efeito delas nos rostos de seus desafiantes, mas nunca o havia enfrentado.

Na luta clandestina, não havia tempo e quase não havia regras. Na verdade, apenas uma: era proibido matar o oponente. Todo o resto era válido. No entanto, quando Arthur lutava, pagava uma gorda "inscrição" a ser dividida entre o seu adversário e o dono do clube — era um tipo de compensação por uma regra excepcional: não podiam acertá-lo no rosto, só do pescoço para baixo, e isso já havia resultado em algumas costelas quebradas.

A briga acabara de terminar. Dois homens retiravam o perdedor desacordado — um deles carregava-o pelos braços e o outro pelas pernas — enquanto um grupo comemorava a aposta ganha.

Arthur atravessou o salão sem se preocupar em desviar dos respingos de sangue no chão.

— Chapa, pode colocar o meu nome na próxima luta…

Um senhor robusto alisou o bigode repolhudo.

— Tem certeza?

— Coloca o nome aí! — O bigodudo levantou o braço direito para anotar na lousa o nome do desafiante, e as marcas de suor debaixo da axila tiveram o seu momento de palco.

Favorito: O Torneiro

Desafiante: O Árbitro

O Torneiro sorriu ao ver o apelido escrito na tabela de apostas.

Ambos os lutadores se dirigiram para o centro do cômodo. Andavam em círculos, se encarando, enquanto o pequeno público se aglomerava ao redor.

Arthur retirou o boné, o sapato e desabotoou a blusa social. O corpo malhado era menor e mais seco do que o do seu adversário, que tinha os antebraços do tamanho de um *Chester Perdigão* e mais de um metro e noventa.

Ele começou a saltitar e a sacudir os braços em uma espécie de aquecimento dos músculos, sem tirar os olhos do tamanho gigantesco do seu oponente.

Perfeito pra mim.

O sino tocou dando início à última — e mais importante — luta da noite.

O Árbitro dobrou os braços, mantendo-os em posição de defesa, ao mesmo tempo em que gingava de leve para evitar o golpe. Uma cruzada percebida tarde demais acertou a linha da sua cintura, fazendo-o soltar um pouco o ar.

Arthur revidou e conseguiu encaixar um *jab* no queixo quadrado. Acertar o murro funcionou como motivação para que o

Torneiro terminasse logo a briga e levasse o dinheiro das apostas para casa. Em um lance rápido, Arthur recebeu um chute na boca do estômago e pendeu o corpo para a frente, levando as mãos à altura da barriga. Ao abaixar a guarda, levou uma pancada na região do rim esquerdo que o faria mijar sangue na manhã seguinte. A pontada nas costas desenhou um sorriso em seu rosto.

— Porra, cara... — Gingou os pés. — Com esses braços do tamanho de um poodle é só isso que você consegue fazer? — Arthur provocou.

O Torneiro franziu a testa e contraiu os lábios, e então veio o cruzado no maxilar do juiz.

Uma sensação quente e dolorida se espalhou pelo rosto, e o gosto de ferro explodiu na sua boca. Arthur levou a mão direita à região afetada e cuspiu saliva misturada ao sangue que brotava da gengiva. *Vou ficar com um hematoma.* O efeito foi imediato: ele estava ali para ficar tão moído que nenhum outro pensamento fora se curar das dores do corpo passasse pela sua cabeça, mas não seria esmurrado na área proibida sem consequências para o oponente. Precisava mostrar que regra é regra.

Puto da vida, Arthur voou para cima do Torneiro acertando o seu nariz com uma direita potente enquanto travava a sua cabeça, segurando-o pela nuca com a mão esquerda.

As narinas do homem romperam-se em um líquido vermelho e viscoso. A cabeçada foi o golpe seguinte. Acertou com a parte mais dura da testa — próxima ao couro cabeludo — a região entre os olhos dele, esmigalhando parte do dorso e a raiz nasal e abrindo um talho na pálpebra.

Arthur não sabia como ele ainda estava de pé. O sangue escorria como uma cortina, tapando parte do rosto do Torneiro. Como uma fera enraivecida, o homem tentou acertá-lo com um soco. A esquiva fez com que ele se desequilibrasse, voando em cima do público que vibrava emitindo um som quase ensurdecedor, dado o desenrolar inusitado da luta.

Cambaleando, o Torneiro voltou ao centro do cômodo e chutou o ar tentando atingi-lo. Arthur aproveitou o impulso mal dado e agarrou o seu pé direito. O braço-de-poodle tombou como fruta madura que apodreceu no galho.

No chão, Arthur rapidamente obteve uma posição dominante. Ele se sentou na altura do quadril do homem e, com os joelhos apoiados no piso, iniciou uma sucessão de socos e cotoveladas. Só parou quando suas mãos doíam de forma excruciante, os nós dos dedos mastigados pelo choque com o osso malar do perdedor.

Exausto e sem sentir os braços, ele deu alguns passos trôpegos até ser levantado pela meia dúzia que havia apostado nele e ganhado um bom dinheiro.

— Me coloquem no chão!

Estava atordoado, efeito da adrenalina e liberação da endorfina, aliadas ao tumulto que se iniciou com o final da luta. Só queria sair logo dali. Pegou as suas coisas no canto e, fazendo um esforço sobre-humano, subiu, um a um, os degraus da longa escada.

Algumas meninas, assim que o viram, fizeram menção de ajudá-lo, mas ele as dispensou com um aceno de mão. Desejava apenas curtir sozinho os minutos de paz conquistados a tanto custo.

Assim que o mendigo o avistou saindo da boate, levantou-se e correu para ampará-lo. Manel abraçou com cautela a sua cintura e jogou o seu braço esquerdo por cima do ombro dele, conduzindo-o com cuidado até o carro.

— Pode me deixar aqui no banco do motorista, Manel. Eu estou bem, só preciso descansar um pouco... — disse com a voz fraca.

— Tem certeza, doutor? O senhor está com um vermelhão na altura da costela e seu rosto não está lá essas coisas. Pra falar a verdade, nunca vi o senhor assim. Não quer ir pro hospital?

— Não, estou bem. Pode ir.

Manel obedeceu. Bateu a porta do carro e retornou para a sua marquise. Antes de fechar os olhos, que pesavam como âncoras, Arthur viu que o morador de rua olhava para ele com um ar preocupado. Porém, ele estava *ótimo*. Sorriu enquanto reclinava o banco do motorista.

Finalmente, ele conseguiria dormir sem pensar no Bê, na sua mãe, na Malu e, agora, em Izadora. Eram tantos fantasmas o atormentando e ele estava exausto. Exausto de ser assombrado.

CAPÍTULO 5

Logo que Izzy bateu a porta de casa, resolveu pôr o seu plano em ação.

Estudara o processo de cabo a rabo, sabia os lugares que o Alfa frequentava e conhecia o endereço da sua residência.

Estava decidida a não perder tempo. Tinha certeza de que ele voltaria a matar rapidamente. Ao menos fora essa a lição que o *Smiley* lhe ensinara. Se não fosse ela a ser abordada pelo pedófilo logo após a sua absolvição, outra menininha já estaria morta. Sabia que deveria ficar aliviada, que sua rapidez ajudara a poupar vidas e sofrimento, mas não conseguia se sentir satisfeita, ainda pensava em quanta injustiça havia no mundo.

Meses antes, quando o caso do Psicopata do Abecedário chegou à promotoria, Izzy foi visitar pessoalmente os locais indicados como residência das vítimas e do acusado. Nas suas várias visitas, constatou que existia uma obra parada em frente ao prédio onde o Alfa morava. Com isso, elaborou um plano. Para que ele desse certo, precisaria ficar de vigília nesse tal prédio sem ser vista e sem levantar suspeitas. Precisava também ter a certeza de que era possível divisar o apartamento do psicopata e descobrir qual seria o melhor ponto para isso.

Então, primeiramente, passou em dias e horários diferentes pelo local. Em uma das vezes, já tarde da noite, pulou o muro dos fundos e entrou no prédio. Percorreu os andares escuros como um fantasma. A obra tinha fundação e paredes levantadas, mas faltavam-lhe portas e janelas. Restos de materiais jaziam pelos cantos e a única iluminação existente era a luz prateada do luar.

Perfeito. Isso aqui está abandonado...

Com a Parte Um concluída, Izadora concentrou-se na Parte Dois: descobrir se era possível ter uma visão do apartamento do Alfa e o local perfeito para ficar observando.

Maquiou-se usando base clara e escura, alterando as suas feições com a técnica do contorno facial. Colocou lentes de contato de cor verde e, com a ajuda de uma caixa de grampos, prendeu o cabelo natural em um coque. Finalizou o penteado com um aplique. O rabo de cavalo loiro ia até quase a cintura.

Praticamente irreconhecível, tocou o interfone do prédio do Alfa.

— Boa tarde, meu nome é Ariela e sou corretora de imóveis — ergueu na direção da câmera a cópia de uma carteira de identificação profissional. — Fiquei sabendo que neste prédio há um apartamento para vender... mas também tenho interesse em aluguel.

Um *buzzz* alto se fez ouvir com o destrave do portão.

O prédio tinha oito andares e, por uma dessas coincidências felizes da vida, um morador no sexto andar estava anunciando o seu imóvel. Justamente na mesma coluna que o do acusado. Visitaria o apartamento 601, enquanto o assassino residia — antes de ser preso — no 701.

Izadora entrou no elevador e apertou o botão correspondente ao seu destino. Assim que as portas começaram a se fechar, ela respirou fundo.

— Ei, moça! Espera aí... segura o elevador! — Gritou o porteiro. A aparente calma quase derreteu. Izzy odiava espaços pequenos e fechados, deixavam-na sem ar.

Será que dei algum mole?

Tentou parecer controlada e dentro da personagem. Sustentaria a história que havia contado a qualquer custo. Quando o porteiro chegou ao elevador, estava acompanhado de uma senhorinha.

— Pode entrar, dona Beth, estou segurando a porta para a senhora — disse, enquanto o braço travava um lado da porta metálica.

— Qual o andar? — Izzy perguntou.

— Sétimo. — A senhora sorriu.

Izadora apertou o botão e as portas finalmente se fecharam. O elevador começou a subir devagar.

— Nunca vi você aqui. Acabou de se mudar pra cá? — A tal dona Beth a encarava com um ar curioso.

— Na verdade, vim visitar um apartamento no sexto andar, mas a trabalho. Sou corretora de imóveis.

— Ah, sim... as coisas aqui estão difíceis. Eu mesma já pensei em me mudar por causa de toda essa repercussão negativa. — A velha franziu a boca fazendo uma careta de desaprovação. — Ninguém quer morar no mesmo prédio que um assassino.

Izadora se fez de desentendida.

— Sério? Como assim? — Levou a mão ao peito.

— Você vive em que mundo, minha filha? — Dona Beth sacudiu a mão no ar. — Está em todos os jornais! O Caso do Psicopata do Abecedário... Quem diria que prenderiam aquele moço do 701.

— A senhora o conhecia?

— Não muito. — Enfiou a mão na bolsa procurando alguma coisa. — Só aquele contato de vizinhos, sabe? O bom-dia e a boa-noite de corredor — retirou um molho de chaves —, mas me parecia um rapaz correto, muito distinto... era assim que falávamos na minha época — explicou de um jeito professoral. — Não era desses que escutam música alta, brigam com a mulher, ou que chegam bêbados depois de uma noitada. Parecia um bom homem.

O elevador parou no sexto andar. Izadora posicionou-se de frente para as portas enquanto aguardava que abrissem totalmente.

— Bom, eu desço aqui. Tenha um bom dia!

— Você também! — ela meneou a cabeça. — E, moça... — deu uma pausa, como se pensasse se deveria falar ou não — não se deixe levar pelas notícias, aqui é um prédio familiar. Tenho certeza de que o Sr. Humberto é inocente.

Aham... sei que ele não é, li as suas desculpas esfarrapadas e vi as provas. Só estou esperando o julgamento para agir ou não.

Izzy não se contaminou com as impressões da mulher. Com a chave do apartamento 601 nas mãos, enfiou-a na fechadura da entrada principal e escancarou a porta.

Deu de cara com uma sala de tamanho mediano. O imóvel era pouco amplo, porém claro, com cerca de oitenta metros quadrados, dois quartos, cozinha, uma pequena área de serviço, sala e banheiro. Decidiu ir até a janela e observar a obra na frente, justamente para situar o ponto de onde vigiaria o Alfa, caso ele fosse absolvido.

CAPÍTULO 6

Seis meses depois, ela voltava para casa determinada a não perder tempo e agir no mesmo dia em que o homem fora absolvido.

Izzy alimentou Eugene, que miava morto de fome. Depois tomou um banho e vestiu o seu macacão de couro por baixo de um moletom. Pronta, agarrou a alça da pequena mochila e saiu.

No corredor, cruzou com a namorada do vizinho espancador. Pelo visto, o desgraçado a havia feito novamente de saco de pancada. A moça, mais ou menos da idade dela (de aparência), ostentava uma mancha roxa gigante no olho direito e um corte no lábio.

— Está tudo bem? — não resistiu em perguntar, enquanto ambas estavam paradas: Izzy aguardando o elevador caquético, que levava séculos para chegar ao andar e a obrigava a usar as escadas com regularidade, e a moça procurando a chave do apartamento na bolsa.

A outra não respondeu.

— Caiu no box de novo? — insistiu.

— Foi.

Izadora deu cinco passos e parou ao lado da garota, que a encarou surpresa.

— Sabe, você não precisa se sujeitar a isso — disse, afastando uma mecha do cabelo da menina, que teimava em cair sobre o olho inchado. — Nenhuma mulher deveria…

A vizinha levou a mão à boca enquanto lágrimas gordas correram pelas suas bochechas. Tremendo com os soluços, abriu e bateu a porta, deixando Izzy sozinha no corredor.

É, não vai demorar muito para esse vagabundo acabar no meu freezer.

Porém, nada e nem ninguém a desviaria do seu objetivo naquela noite.

Izadora estacionou o carro na rua de trás e aguardou, lá mesmo, até um pouco depois da meia-noite. Enquanto esperava, acompanhou a movimentação no apartamento do Alfa pela transmissão do noticiário local.

Faltando quinze minutos para uma da manhã, ela pulou o muro da obra e se esgueirou pelos corredores escuros até chegar ao ponto marcado. Lá, teve uma visão ampla do apartamento do assassino. Não restava outra coisa a não ser aguardar.

Sem descolar os olhos do seu binóculo *Bushnell* digital com iluminação infravermelha, percebeu que o Alfa não estava conseguindo dormir. O homem havia acendido o abajur e tentado ler um pouco. Depois, desligou a luz para ver se o sono voltava. Mexeu-se na cama como se tivesse se deitado sobre pregos — ela não aguentaria dividir o colchão com alguém que se mexesse assim — e, então, levantou-se novamente para fumar um cigarro na beira da janela do quarto. Guimba atirada na calçada, foi até a cozinha buscar algo para beber. Somente por volta das três da madrugada ele vestiu uma calça por cima da samba canção, uma camiseta e foi em direção à porta da sala. Tudo indicava que ele sairia.

Em questão de segundos, ela guardou o binóculo na mochila, pegou suas coisas e tomou o rumo das escadas. Precisaria descer sete andares, chegar ao térreo antes do elevador e, ainda assim, sair, sem ser vista, pela parte da frente da construção. Estava confiante de que conseguiria. Graças à maldita *Lei de Murphy*, que nesse caso estaria ao seu lado, o elevador nunca está parado no andar em que o chamamos.

Correu escada abaixo, dando pequenos saltos quando faltavam três degraus para atingir o patamar do próximo andar. A urgência gritava em sua cabeça.

Ele vai matar. Vai caçar a próxima vítima.

Assim que fincou os pés no térreo, um alívio tomou conta dela. Podia ver o Alfa conversando com o porteiro.

Izadora se esgueirou pelas sombras. Queria chegar na saída da construção antes que ele cruzasse o portão da rua. No entanto, congelou o movimento — permanecendo atrás de um matagal que ocupava parte do terreno — quando viu que o psicopata deixava o seu prédio para virar à direita e caminhar em direção à esquina.

Se eu não o impedir, nunca irei me perdoar.

Não passava ninguém na rua, e o porteiro sorria assistindo à sua TV portátil. Os olhos dela pularam do porteiro para a câmera presa na marquise da entrada do prédio. Quando esteve ali no papel de corretora de imóveis, Izzy descobriu que aquela câmera não pegava quase nada do outro lado da rua e, além disso, a filmagem não ficava gravada. Estava à vontade para ir em perseguição da sua presa.

Mantinha uma pequena distância. De capuz e com a mão direita segurando sua pistola de dardos tranquilizantes por baixo do moletom preto, andou um quarteirão antes de entender que era a hora de agir: o homem passava em frente a um terreno baldio convenientemente mal iluminado. Encostou-se numa árvore e mirou o pescoço do Alfa.

A mira perfeita o fez cair atrás de um arbusto.

Izzy caminhou sem pressa até o corpo inerte. Pegou alguns galhos de árvores e pedaços de papelão jogados por ali e cobriu o homem com eles. Depois, foi buscar o carro.

Parou o veículo com duas rodas sobre a calçada. Transportar

o Alfa do local da queda para o porta-malas forrado em plástico foi mais fácil do que nas vezes anteriores, dada a distância e o peso-pena do homem.

Izzy estacionou de qualquer jeito na sua vaga de garagem.

Na verdade, ela não precisava se preocupar com a baliza perfeita, o seu veículo era o único do prédio. O seu apartamento fora especialmente escolhido para possibilitar as suas atividades peculiares. O prédio possuía apenas dois andares e três moradores: a Sra. Vilma, uma mulher cega e bastante idosa que residia no apartamento 101 — e que praticamente não saía de casa —; o espancador de namoradas do 202 e ela.

Izadora abriu o porta-malas. Levantou parte do cobertor usado para cobrir o homem, que dormia como um bêbado chapado depois da balada; o corpo mole parecia mais pesado do que os sessenta e poucos quilos que ela calculou.

Puxou a ponta do plástico que forrava o porta-malas do carro, levantando o torso do homem com o movimento. Agarrou-o pela cintura e o puxou com força. As canelas finas bateram no para-choque.

Puta merda, se ele acorda... Mas, apesar da porrada, ele não despertou.

Carregou-o até a porta do elevador e, ofegando um pouco, apertou o botão. Izzy não tirou os olhos do indicador de andares, torcia para que o elevador, que vivia com problemas, não tivesse quebrado depois que saiu. Apesar dos guinchos da engrenagem — que pareciam Eugene quando brigava na rua — fazerem um barulho que ecoava em todo o prédio, indicando que algum morador usava o elevador, ela levaria um tempo muito maior para subir três lances de escada e, no fim, ainda estaria exausta.

A porta abriu com um chiado, como se reclamasse por ter sido incomodada naquele horário da madrugada. Izadora arrastou o homem e o escorou na parede enquanto o segurava pela cintura. Ela estendeu o outro braço e apertou o pequeno botão preto, no qual se lia "2". A grade de ferro que estava recolhida rapidamente se chocou com o lado oposto, separando os dois do vão. Passado o susto inicial, o choque metálico fez com que ela se voltasse para o Alfa. Tentava enxergar um movimento, por mínimo que fosse, que indicasse que ele havia acordado com o maldito barulho. Pensar nessa possibilidade fez o coração dela bater mais rápido. *Tão perto, ele não pode acordar agora.* Ali dentro, carregando o homem desacordado, os segundos transcorreram como uma eternidade.

Ao finalmente pararem no segundo andar, a grade berrou mais uma vez fazendo o trajeto oposto. Quando a porta aberta ainda não era mais que uma fresta, Izzy viu que a luz do corredor estava acesa. Um arrepio percorreu suas costas, como se alguém esfregasse nela cubos de gelo. Izadora sabia que a administradora do prédio havia trocado as lâmpadas velhas por aquelas com sensor de movimento. Havia mais alguém ali...

Tentou controlar a respiração e manter apenas alguns centímetros abertos, enquanto ouvia passos na sua direção. O receio de ser pega a acertou como uma paulada na cabeça. A boca seca e a tremedeira nas mãos indicavam que ela flertava com o pânico.

Um tipo de gemido ou choro baixo foi ouvido próximo ao elevador. Parecia uma mulher.

— Porra, Shirley, volta aqui! Eu prometo que não vou fazer mais isso... — a voz do traste do 202 chegou clara até ela e, em seguida, os passos pesados e apressados do vizinho. — Para de frescura e volta para dentro! Você nem tem para onde ir. Vai voltar para a casa da sua mãe com aquele porco do seu padrasto?

Izadora odiava a forma como o vizinho tratava a namorada e contava os minutos para liberá-la dessa relação tóxica. Porém, se a moça abrisse a porta, a flagraria carregando o Alfa, e isso não encaixava nos seus planos. Torceu para que a coitada aceitasse as desculpas esfarrapadas e voltasse ao apartamento dele, mesmo que significasse mais uma agressão. Pensar nessa possibilidade a angustiava, mas descontaria no *porradeiro* depois.

— Vem! — ele estendeu a mão livre na direção da moça, que mais parecia um passarinho acuado. — Ninguém liga para você… Só eu — disse, dando um gole na cerveja *longneck* que empunhava com a outra mão.

A garota encarou o elevador, segurou no puxador de ferro e abriu parcialmente a porta. Izzy puxou o Alfa para o canto oposto ao da abertura. Encolhia-se o máximo que podia, de forma instintiva, enquanto ouvia os batimentos do próprio coração. Tentou controlar o pânico, que zombava da sua cara, e pensar em uma saída que não envolvesse silenciar a menina inocente.

— Vai preferir aturar ele te apalpando, é? Vou começar a achar que tu gosta quando ele passa as mãos e te mete o dedo — o namorado jogava na cara as lembranças do abuso. — Só perdi a cabeça dessa vez porque você provocou. Prometo que isso não vai acontecer de novo.

Shirley não o encarou. Olhava para o chão enquanto passava o indicador esquerdo freneticamente pelos lábios. Pingos grossos molharam o piso. A moça deu um forte soluço, soltou o ferro frio que mantinha a porta semiaberta e se virou, aceitando o argumento e a mão estendida. A porta do apartamento 202 bateu e Izadora suspirou aliviada.

Foi por pouco…

Quando o efeito do sonífero passou, o homem estava deitado de barriga para baixo, com pés, mãos e cintura presos à mesa de necrotério por uma faixa de couro acoplada ao móvel — peça principal no cômodo especial dela.

Izzy estava sentada no chão com as costas na parede branca azulejada e as mãos apoiadas nos joelhos flexionados. Observava a sua próxima refeição se dar conta de que não estava mais no ambiente seguro de sua casa. Escutava “The Sound of Silence”, versão da banda Disturbed, no fone de ouvido, enquanto analisava a mudança do olhar: de grogue e desfocado para aterrorizado.

Foram poucos minutos para que percebesse que agora era ele o refém. O Alfa começou a se debater como um peixe fora d'água, e gritos abafados pela *ball gag* — uma bola de silicone atrelada a uma mordaça de couro, típica dos sadomasoquistas — não foram ouvidos nem por ela.

Ela pausou a música em seu celular, retirou os fones, inspirou com força o ar frio e se levantou.

— *Hello darkness, my old friend...* — disse para o reflexo da moça pálida que a olhava através do vidro do gabinete localizado acima da pia.

O homem parecia estar sofrendo de um ataque epilético e dele jorrava um som contido. O forte murmúrio fez com que ela deixasse o reflexo de lado para encará-lo.

— Fica quieto...

Ele obedeceu.

O corpo magro e o olhar apavorado do Alfa a lembravam os de um menininho perdido, e não estavam facilitando o trabalho. E, então, veio o choro.

Izzy já havia testemunhado as mais diversas reações, mas ver alguém chorar sempre a deixara com a sensibilidade à flor da pele. Isso, aliado ao fato de que o Alfa aparentava fragilidade, estava mexendo com ela.

Foi até a bancada e fechou os olhos. Só ela sabia o esforço para cumprir aquela tarefa. Pousou ambas as mãos na pedra fria da pia e respirou profundamente. Lutava contra o sentimento de pena que brotava sem a sua permissão e se desafiava a prosseguir.

Você precisa comer, vai desperdiçar esse razoável pedaço de carne? Se esqueceu do medo que você tem do jejum? Medo de perder o controle e virar uma máquina assassina..., ouviu dentro da cabeça uma voz lembrando-a desse pequeno detalhe.

Fora justamente para evitar essa situação que ela se inseriu naquele meio. Sabia que condenar alguém à morte, mesmo que culpado, era pesado demais, mas simplesmente não tinha saída. Questionava-se como os carrascos deviam se sentir após executarem as suas sentenças, e tentava se convencer — na tentativa de suportar a culpa — de que fazia o que era preciso, já que matava para poupar novas vítimas.

Apegada às suas convicções, virou-se para ele.

— Vou afrouxar a mordaça, mas se você não se comportar, corto a sua cabeça com essa *belezinha* aqui. — Deu uns tapinhas na *katana* que carregava junto ao corpo. — Você entendeu?

Ele mexeu a cabeça para cima e para baixo, indicando que "sim".

Izzy afrouxou a *ball gag* e se posicionou na altura da linha do pescoço dele.

— Você sabe por que está aqui?

O Alfa apenas sacudiu a cabeça para os lados.

— Pelos crimes que cometeu contra quatro pessoas inocentes…

— Me solta, por favor! Por favor! — Os olhos estavam injetados e o suor empapava o cabelo ralo.

— Não tem nada pra dizer em sua defesa? — ela circulou a mesa.

— Sou inocente! INOCENTE! Não cometi os crimes!

— Mentira! Nenhum inocente contrata o filho da puta do doutor Canavarro.

— Eu não contratei ele… não tinha dinheiro pra isso! — soava desesperado. — Ele que se apresentou interessado no caso. Por favor, acredite em mim!

— Não, não me venha com essa… eu vi as provas. Não tem como você ser inocente. Eu conheço os caras que colheram sua confissão — tentou manter a firmeza na voz.

— Juro por Deus! Não matei ninguém… Eu conhecia a Danika, só isso. Você tem que acreditar em mim! — O rosto dele estava molhado pelo choro.

Izadora sentia a sua firmeza ruindo como um castelo de areia atingido por ondas do mar. Deu alguns passos em volta da mesa, buscando rememorar tudo que acontecera e que os conduzira até ali. Precisava daquele momento de fúria. Era o que serviria como combustível para dar cabo do seu plano. Saber que precisava matar para comer e que ele era um assassino trouxe a ela a compreensão racional da situação, mas esse pensamento frio não estava deixando a tarefa mais fácil. Ela necessitava de mais...

Agarrou uma pasta de arquivo jogada em cima da bancada. Ao abrir, deu de cara com os detalhes do exame cadavérico da segunda vítima, Beth: "o corpo apresenta cianose da face", "fratura dos ossos estiloide e hioide", "marcas ungueais na tonalidade parda amarelada, em maior quantidade no lado esquerdo do pescoço". Interrompeu a leitura para se fixar na página ao lado. Uma Beth arroxeada a encarava com os olhos esbugalhados, a língua inchada como uma esponja ensopada e a boca retorcida. Era possível ver parte das marcas dos dedos em volta do pescoço quebrado.

Izzy trincou os dentes e as lágrimas represadas finalmente rolaram pelas maçãs do rosto. Os últimos minutos de vida da moça tinham sido desesperadores, e ela estava ali para acabar com o sujeito que fizera aquilo.

Decidida, agarrou o celular e clicou no *bluetooth*, enviando a música para a caixa de som. O ambiente se encheu da melodia triste e poderosa. Usava-a como uma fuga. Era um lugar para onde a mente podia ir e encontrar a antiga Izadora — aquela que um dia fora Ana Clara, e que ainda vivia em um mundo no qual matar alguém não lhe passava pela cabeça nem em sonho. Simplesmente não conseguiria fazer a seco. Precisava se refugiar e se preservar de toda aquela insanidade.

Ela esfregou os olhos e se virou. O homem ainda soluçava.

Izadora deu um grande suspiro.

Vamos terminar logo com isso.

Pôs-se, então, de pé atrás dele, e novamente colocou a mordaça em sua boca.

— Me desculpe, mas suas vítimas merecem justiça.

Como se tivesse se dado conta do que estava para acontecer, o Alfa passou a se mexer e a grunhir em uma tentativa alucinada de sair dali. Ela preferia assim, odiaria matar alguém acuado. Encostou o cano da pistola de ar comprimido na nuca dele...

...e atirou.

Caso resolvido.

Vamos para a parte que odeio.

Nunca curtira limpar frango, ou tirar gordura e nervo de carne. Agora, com esse novo estilo de vida, precisava desmembrar o corpo, despelar o presunto e desossá-lo. A tarefa era trabalhosa e cansativa. Izzy guardava os pedaços em sacos herméticos e congelava as peças de carne limpas. Os restos não a interessavam. Ossos, pele, couro cabeludo e globos oculares, juntamente com intestino e bexiga, eram jogados na fornalha que crepitava a cada novo "combustível". Os demais órgãos, picava e estocava para uma emergência. Não era chegada a miúdos, mas se sua vida — e a de outros — dependessem de se alimentar daquilo…

Perdeu um bom tempo embaixo da torneira. O sangue era grudento demais, e depois de tanto tempo manipulando o corpo, por mais que lavasse as mãos, continuava a sentir os dedos colando e uma espécie de película nas palmas.

Depois que se livrou daquela sensação pegajosa, realizou de forma metódica e detalhada a limpeza do cômodo. Lavou-o, de cima a baixo, com uma mistura de cloro e água sanitária.

Quando terminou o trabalho, o dia estava amanhecendo. Pela janela da sala, contemplou os tons de laranja e vermelho que se misturavam ao azul escuro, como uma pintura, e admirou a beleza daquele momento no qual a escuridão, em tons tão impactantes, cedia espaço à luz. Exausta, sentou-se para ver o noticiário da manhã.

— Exclusivo! — dizia a Âncora do Telejornal. — Novas evidências corroboram a inocência do homem conhecido como "O Alfa". Imagens mostram o acusado em uma cafeteria no horário em que a perícia estabeleceu a morte da terceira vítima, Carla. Procuramos o senhor Humberto Coelho das Neves, mas ele não foi encontrado pela equipe de reportagem. Estamos ao vivo em frente à residência dele com o seu advogado, doutor Canavarro. É com você, Marcos.

A claridade da televisão revelava a expressão de choque. Izzy sequer prestava atenção na entrevista. Somente uma coisa lhe atraía: as botas.

Doutor Canavarro, em roupa casual, vestia o mesmo par de botas, e ele calçava o mesmo tamanho, como confessara.

Capítulo 7

Arthur abriu os olhos lentamente.

Piscou algumas vezes até se acostumar com a luz do sol que entrava pelo para-brisa do carro anunciando um novo dia. O barulho de uma buzina o arrancou do seu torpor — como um band-aid sendo puxado. *Inferno de trânsito*. Sonolento, olhou o relógio de pulso e se deu conta de que ainda eram sete da manhã.

O corpo todo doía. Era o preço da paz. Mexeu no espelho retrovisor, focando-o no próprio rosto. Outro homem, que ele não via com frequência, fitou-o de volta. Os olhos verdes felinos — ainda inchados de sono —, o cabelo castanho desgrenhado e uma leve intumescência, somada ao arroxeado na região da maçã do rosto, conferiam a ele um ar cansado e alguns anos a mais do que os seus 32. Fora isso, não devia estar cheirando lá grande coisa. A pele estava pegajosa pelo suor seco, graças às quase vinte e quatro horas sem banho.

Arthur tocou a região abaixo da bochecha e imediatamente recuou os dedos.

— Merda! Que filho da puta… — Ao estender o braço para o bolso da blusa largada no banco do carona, sentiu uma fisgada de dor nas costelas.

Quantas já havia fissurado? Nem se lembrava mais. Revirou o bolso com dificuldade e pegou as chaves do carro, enfiou-as na ignição e deu a partida.

O corpo dolorido demandava descanso, mas a mente inquieta não permitia. A cadência do tráfego parado possibilitou que Arthur entrasse no modo automático — juntamente com o seu *Jeep* — e, apesar do olhar atento, ele voou. Voou para um tempo que ele queria esquecer, mas para o qual era atraído, como a mariposa pela luz.

Arthur chegou feliz do colégio. Sentia-se diferente naquele primeiro dia de aula do último ano na escola — o terceiro do segundo grau.

A turma do Marista São Roque era praticamente a mesma desde o maternal. É claro que havia pequenas mudanças, um aluno que era transferido, um novo que chegava, mas, em essência, a turma era a mesma. Estavam lá o João e o Carlos, seus melhores amigos; o Daniel, o Gabriel, o Vitor e o Luca, os caras com quem ele não se dava tanto; o grupinho das meninas; e mais uma meia dúzia de gente com quem ele simplesmente dividia a sala de aula. Ele não queria que a mãe percebesse, mas uma dessas "pequenas mudanças" era o motivo da sua felicidade.

Tinha se sentido assim antes uma única vez: quando o seu irmão resolveu ir morar com o seu pai em São José dos Campos, no ano anterior. Era libertador não ter que dividir mais a sala de aula com o Bernardo, não ser mais comparado a ele. A coisa toda só não beirou a perfeição porque Daniel, Gabriel, Vitor e Luca, amigos do irmão, faziam questão de lembrá-lo constantemente das diferenças entre eles, e de como o Bê era "o cara". Foi difícil disfarçar para a mãe a alegria que berrava a plenos pulmões, enquanto ela engolia soluços junto com o café.

Vivenciava novamente essa euforia por causa dela, da menina nova.

Ele bateu o portão da casa com um pouquinho mais de força do que pretendia. Limpou os pés no capacho gasto que teimava sempre em lhe dar as boas-vindas e entrou pela porta da cozinha varado de fome. A mãe trabalhava perto e não demoraria a chegar — na verdade, a cidade do interior do Rio de Janeiro tinha o centro do tamanho de um ovo.

Serviu a comida no prato e ligou o micro-ondas. Se comesse rápido, conseguiria terminar antes que ela chegasse. Sentou-se na pequena mesa de quatro lugares — que lembrava constantemente aos moradores da casa de que eles, agora, eram apenas dois — e, ao enfiar a primeira garfada na boca, cuspiu a mistura, que pousou na toalha de mesa desbotada.

— Caramba! — resmungou com a língua ardendo.

Abriu a geladeira e procurou o refresco de caju que a mãe sempre deixava pronto. Já tinha enjoado do mesmo sabor, mas não teve coragem de contar isso a ela. A coitada comprava o que o salário deixava e tentava agradá-lo como podia. O suco gelado trouxe alívio à sensação rugosa na língua.

Olhou para o relógio acima da geladeira e decidiu voltar ao prato. *Tenho cinco minutos para terminar o jantar, lavar a louça e ir para o quarto... Se ela me encontrar estudando, não vai perguntar nada.* Quando estava quase terminando, o claque-claque da fechadura alertou que o seu tempo havia acabado.

Sentado de costas para a porta, pôde sentir, pela mistura do perfume doce com o suor, quando a mãe finalmente entrou na cozinha.

— Oi, meu filho, tudo bem? — Lúcia beijou sua testa, apoiou a bolsa na mesa e se jogou na cadeira de frente para ele. Apesar de tudo, a mãe mantinha aquele ar distinto. Dona de casa quase a vida toda, precisou começar a trabalhar quando o pai se mandou e a deixou com dois adolescentes. Usava o uniforme de caixa de supermercado, único lugar no qual tinha conseguido emprego após a separação.

— Tudo...

— Nossa, que calor! — Retirou do bolso o paninho que carregava e passou no rosto e pescoço. — Como foi o primeiro dia de aula?

Arthur deu de ombros. Tentava aparentar que nada de mais tinha acontecido.

Lúcia tirou os sapatos e massageou os pés inchados.

— Fiquei sabendo que entrou uma menina nova na sua sala... uma tal de Maria Luísa. Na verdade, a cidade inteira só fala nisso. Ela é filha daquele empresário, o doutor Elias Azambuja. Você já deve ter ouvido falar...

Diante do silêncio, ela continuou.

— Aquele que tem a fazenda de leite. Parece que o pai queria afastá-la de más companhias no Rio de Janeiro e resolveu que ela deveria morar aqui.

— Neste fim de mundo?

— Você a conheceu? — perguntou, aparentando ignorar o comentário dele. Lúcia levantou-se com dificuldade e se serviu de um copo de refresco.

— Sim. — Arthur não queria prosseguir com aquela conversa. Não ficava à vontade, aos 17 anos, em dividir intimidades com a mãe. Sabia que ela o conhecia bem e isso era o suficiente. No entanto, ela pensava diferente e desejava participar mais da sua vida.

— Só isso? Ela é bonita? Interessante? Falou com você?

— Não estou com vontade de falar sobre isso, mãe — viu o sorriso dela se desfazer, e instantaneamente percebeu o ar de cansaço que a mãe carregava, como duas sacolas de compras pesadas.

Lúcia se apoiou no pequeno balcão da cozinha, e ele reparou como ela parecia ter mais do que seus 42 anos.

— Desculpa, meu filho. É que o seu irmão sempre me contava as coisas... Esqueci que vocês são diferentes.

— Meu irmão foi embora, mãe. Não aguentou viver só com o que temos e se mudou pra ficar no bem-bom com o pai, um puta interesseiro! — Assim que as palavras saíram da sua boca, Arthur se arrependeu de tê-las dito. Não pelas palavras em si, achava isso mesmo do irmão, mas sabia que jogar na cara da mãe sua incapacidade de dar aos filhos uma vida melhor, acarretando a "perda" de um deles para o ex-marido, a magoaria demais.

Os olhos dela ficaram vermelhos e se encheram de lágrimas. Claramente fazia força para não chorar na frente dele.

Lúcia virou-se para a pia, abriu a torneira e lavou vagarosamente o copo. Arrependido, ele a abraçou por trás e lhe deu um beijo no rosto molhado.

— Desculpa, mãe... eu não devia ter falado assim do Bê.

— Tudo bem, meu querido. Só tente não brigar com ele quando ele vier aqui no feriado da Páscoa.

Se ao menos naquela época ele a ouvisse...

Uma fechada retirou Arthur de suas lembranças. Logo chegaria ao seu apartamento e poderia lavar a dor com um banho.

Assim que dobrou a esquina, percebeu uma pequena aglomeração em frente ao seu prédio. Pensou que algo de ruim pudesse ter acontecido com algum dos moradores. Afastou o pensamento mórbido e, ao virar o volante para entrar na garagem do Residencial Green Village, surpreendeu-se com a quantidade de jornalistas que lhe cercaram o carro, a ponto de impedir que andasse sem causar um atropelamento em massa.

— Doutor Arthur! Doutor Arthur! O que o senhor tem a dizer sobre as últimas notícias do Alfa? — uma repórter indagou tão alto que ele pôde ouvir através dos vidros fechados.

Que últimas notícias?

— Doutor Arthur! — um jovem jornalista bateu no vidro do carona com a ponta do microfone. — Como o senhor se sente sabendo agora que o Alfa era de fato inocente?

O quê?

Arthur meteu a mão na buzina. Precisava que o porteiro o auxiliasse a entrar com o carro na garagem em segurança. Não podia, de forma alguma, saltar e dar entrevistas. Ferido e fedendo, seu estado era lamentável. Além disso, não gostava de ser pego de surpresa.

Precisava se inteirar sobre o que estavam falando.

Quando chegou ao seu apartamento e ligou a televisão, pegou a entrevista que o doutor Canavarro deu mais cedo em frente ao apartamento do Alfa.

Deu três passos para trás e caiu de bunda no sofá.

As botas! As botas... Encarava a TV enquanto a mente fervilhava. Seria proposital, meu Deus?

O advogado não dava ponto sem nó. Nunca dera. Nem no seu caso, há quinze anos, quando o desgraçado brilhantemente o absolveu.

Dever a liberdade a um filho da puta é foda. Se ele fumasse, aquele seria o momento de acender um cigarro.

PARTE 2

COXÃO DURO

FOME

CAPÍTULO 8

Passados quase dois meses do desaparecimento do homem conhecido como "O Alfa", ela ainda digeria a culpa.

Até então, Izzy nunca havia cometido qualquer equívoco — ou pelo menos achava ter se certificado nesse sentido. Essa *primeira vez* abrira o caminho para a dúvida e instigara questões mais profundas. Pensar na possibilidade de ter matado um homem inocente a conduzira a caminhos trevosos da consciência humana. Ela ainda possuía uma, apesar de tudo que havia lhe acontecido.

Para conseguir lidar com aquilo, mergulhou em uma forte apatia. Tentou, de forma inconsciente, se tornar indiferente, coisa que o seu coração, mesmo morto, teimava em não permitir.

A inabilidade de "não se importar" a levou à beirada do abismo. Enquanto o cérebro lhe dava ordens para afundar na completa falta de motivação, seu instinto de sobrevivência gritava a plenos pulmões para que ela não desistisse, não entregasse os pontos. O que seria um erro entre tantos acertos? Além do mais, não podia simplesmente morrer de fome... Em sua condição, acreditava que isso nem seria possível.

Para piorar, havia em seu íntimo uma batalha sendo travada: era difícil viver dominada pelos instintos e ao mesmo tempo manter a razão. Animal algum conseguia agir assim. A balança sempre pendia para um dos lados.

Alimentou-se do Alfa em porções diminutas, unicamente para disfarçar a ânsia quase insaciável; mas, enquanto o comia, vertia grossas lágrimas.

Por que isso aconteceu comigo? Que piada de mau gosto ou Justiça Divina é essa?

Izadora sempre se teve em alta conta. Nunca traiu um namorado, devolvia o troco a mais, não se metia na vida dos outros, doava roupas a cada campanha de arrecadação ou tragédia anunciada na televisão; enfim, era uma pessoa boa. Não merecia esses últimos anos. Não mesmo.

Alguns meses após o acontecimento que mudou sua vida, quando ainda tentava se acostumar com a solidão obrigatória, revoltada e deprimida com a sua nova condição, chegou a pensar em se matar. Foi um pensamento que a acompanhou por alguns dias. No entanto, não conseguiu seguir adiante com ele, a sua resiliência não permitira... Sem contar o medo. Medo de não conseguir, fisiologicamente falando, e permanecer com sequelas para sempre.

O transcurso do tempo trouxe a aceitação. Não plena, é verdade, mas ela reuniu forças para seguir em frente. Reinventou-se. Descobriu no Direito Penal algo de que gostava e um meio de adequar suas necessidades à nova realidade. Foi sobrevivendo assim — porque isso não era viver e em nada guardava semelhanças com o que ela havia imaginado para a sua vida.

Sabia, hoje, com o auxílio da internet, que seu antigo noivo, Eduardo, se casara e já tinha dois filhos. O mais velho tinha treze anos, e o mais novo, dez. Parecia feliz. Como o seu desaparecimento, há quinze anos, fora divulgado na mídia, pôde acompanhar o sofrimento dele e o de sua família. Seus pais, então vivos, mesmo humildes, comprometeram todas as economias com uma recompensa para quem informasse o seu paradeiro. Sofreu muito por ambos terem morrido sem que conseguissem notícias dela.

Certa vez, numa daquelas ocasiões em que a saudade dói mais que o normal, não aguentou e ligou para casa. Ligação atendida, ouviu aquele "alô" familiar e não resistiu: "Mãe!", disse no fone. Berros foram ouvidos, resultado daquela simples palavra. Sua reação foi desligar imediatamente, para que pensassem que pudesse ter sido apenas um engano.

Pesquisara também a sua irmã mais nova, Julia. Izadora encontrou seu perfil em uma rede social. Julia, agora uma linda mulher de trinta e oito anos, tornara-se psicóloga e tinha uma filha, à qual deu o nome de Ana Clara, seu antigo nome.

Não podia estar com eles pessoalmente. Como explicaria o mesmo rostinho de 27 anos, quando já deveria estar se preocupando com as primeiras aplicações de botox, quase uma regra depois dos quarenta? Só lhe sobrava bendizer os avanços tecnológicos que permitiam se sentir próxima dos que fizeram parte da sua ex-vida.

Estava passando uma fase do cão, entre momentos em que vivenciava sentimentos intensos de comiseração ou revolta, e outros de insensibilidade emocional, até que as primeiras notícias apareceram no jornal.

Em uma manhã nublada de final de inverno, acordou novamente apenas para alimentar Eugene, que insistentemente miava e a cutucava na cama. O clima combinava perfeitamente com os seus sentimentos e com a falta de planos: passaria o dia em meio às cobertas, lamentando-se.

Foi até a cozinha para atender aos pedidos repetidos do gato, que não aceitava passar fome e, enquanto colocava a ração na cumbuquinha em formato de pata, ouviu três batidas na porta.

Izadora estranhou o fato, não era de receber visitas. Pensou em ignorar e não atender, fingir que não havia ninguém em casa, mas, com a persistência das batidas, resolveu olhar pelo olho mágico e se surpreendeu. Atrás da esfera de vidro estava a dona Vilma do 101.

O que ela quer comigo, meu Deus? foi o primeiro pensamento a cruzar sua mente, para logo em seguida considerar sair de fininho e não atender, até que novas batidas a sobressaltaram.

— Minha jovem, sei que você está atrás da porta. Vai ignorar uma senhora de idade, cega, que a procura? Isso faria de você uma pessoa que tenho certeza de que não é.

O argumento a acertou em cheio.

Girou a chave e abriu a porta da sala. Uma senhora com cabelo prateado curto e olhos escuros turvos sorria para ela. Vestia robe e pantufas púrpura.

— Bom dia, minha querida! — disse em um tom animado.

— Bom dia, dona Vilma... a senhora está precisando de alguma coisa?

— Posso entrar? — colocou a mão no batente.

— Claro... — falou Izzy, meio a contragosto, postando o corpo de lado para franquear a passagem.

Dona Vilma entrou no apartamento tateando o caminho com a bengala que usava na mão direita enquanto na esquerda segurava um jornal.

— Pode me dizer onde fica o sofá?

— Ah, me desculpe... deixe que eu ajude a senhora. — Izadora trancou a porta e se apressou em passos curtos para alcançar a mulher.

Curiosamente, dona Vilma era rápida.

— Não precisa, minha querida. Estou com a bengala. É só me dizer quantos passos e em que direção.

— Dez passos à direita, mas cuidado com a mesinha de centro, ela é um pouco baixa — falou em um tom um pouquinho mais alto para ter certeza de que tinha sido ouvida. —A senhora toma alguma coisa?

A visita já estava quase alcançando o sofá.

— Aceito um café, se não for dar trabalho.

Do corredor, Izadora a acompanhou com o olhar até que se sentasse. Assim que a vizinha se acomodou, ela foi até a pequena cozinha passar o café.

A cozinha americana facilitava a comunicação com a sala através de um vão e um balcão, juntando os dois cômodos em praticamente um. Dali mesmo, do fogão, Izzy resolveu inquirir:

— Desculpe perguntar, mas como a senhora sabia que eu estava em casa? — enchia o bule de água.

O sofá ficava de costas para o balcão, então Izzy só conseguia contemplar a parte de trás daquele corte de cabelo moderno demais para alguém que aparentava ter alcançado o topo da pirâmide etária.

— Pelo seu cheiro, minha querida, e foi pela falta dele nos corredores que percebi que você não anda saindo. Você tem um perfume peculiar, sabe? Está tudo bem?

Izadora sabia, e a surpresa do comentário a atingiu. Ela não tinha ideia de que a vizinha fosse tão atenta e perspicaz. Envergonhou-se por pensar que, por ser idosa e cega, seria limitada e viveria apenas para aguardar a morte, depois temeu pelo seu segredo.

— Si-sim... está tudo ótimo.

— Sabe, menina, já passei por depressão. Começou assim que perdi a visão dos dois olhos. Já estive no mesmo lugar em que você está e só saí com muito esforço e com a companhia de pessoas que se importavam comigo.

— Eu sinto muito! Eu não sabia...

— Não sabia que eu já tinha enxergado uma vez na vida? Que nem sempre fui cega? Todos nós temos nossos problemas e nossos demônios com os quais precisamos conviver. Não se sinta privilegiada. Agora, mudando de assunto.... tem leite para um pingado?

Izzy contorcia as mãos. Apesar do ar gelado que entrava pela fresta aberta da janela, ela sentiu uma gota de suor escorrer pelo canto da testa. Graças a Deus não tinha leite em casa, do contrário, se abrisse a geladeira, empestearia o pequeno apartamento com aquele cheiro forte de açougue. Tinha deixado o Alfa descongelando na refrigeração — agradeceu em pensamento por não ter optado pela pia.

— De-desculpe, Dona Vilma, não tenho não.

A vizinha prosseguiu:

— Está tudo bem, na próxima eu trago... queria mesmo era saber as notícias do jornal de hoje, só que a Creuza, minha faxineira e ajudante, não apareceu. De vez em quando ela me deixa na mão. Desconfio que isso aconteça quando ela sai na noite anterior e extrapola no pagode. Resolvi unir o útil ao agradável... Tinha certeza de que você estaria em casa e teria a bondade de ler para mim enquanto eu lhe faço companhia.

Izadora anuiu. Desligou a boca do fogão antes que a água fervesse e passou o café, enchendo o ambiente com aquele aroma convidativo e apaziguador. Serviu apenas uma xícara. Na verdade, ter aquilo em casa era uma incongruência: ela não bebia e não tinha o costume de receber visitas — *mas todo mundo normal tem café* —, portanto, abrir o armário da cozinha e encontrar um vidro de pó de café trazia um sentimento de pertencimento.

Com o café pronto, levou-o numa pequena bandeja até a visita. Dona Vilma pousou a bengala ao seu lado e o jornal no colo.

— Aqui, um cafezinho... não sei se a senhora vai gostar. A gente nunca sabe se acerta o ponto, né... Tem quem goste de forte e quem goste de fraco — disse, estendendo a bandeja na direção dela, que, sem vacilar, foi direto pegar a xícara.

Aquele gesto tão acurado fez com que dúvidas brotassem na mente de Izzy e ela não titubeou.

— Desculpa, mas a senhora tem certeza de que não enxerga nada? — Ela colocou a bandeja na mesinha de centro e sentou-se ao seu lado.

Dona Vilma deu um pequeno gole no café e virou o corpo na direção dela.

— Você não crê em superação? Ou melhor, em adaptação? Já estudou *Darwin?* — encarou Izadora, que sentiu aflição ao mirar aquelas duas bolas opacas.

É claro que eu conheço a Teoria de Darwin. *Até bem demais...*

— A senhora quer dizer que...

Dona Vilma não a deixou concluir.

— Quero dizer que me acho mais bem adaptada ao meio do que a maioria das pessoas presas a um sentido só. — Debruçou-se para alcançar a mesinha de centro, deixando ali a xícara quase cheia. — Como sei em que direção estender a mão para pegar a xícara, ou ainda que você não me acompanha no café? Simples, não me entreguei e treinei nariz e ouvidos para fazerem o papel dos olhos. Tenho certeza de que você conseguirá superar os seus problemas e se adaptar. Até porque, minha filha, só quem pega destino errado é quem confunde o ônibus. Isso significa que o seu problema é só seu; ele a elegeu, então não adianta passar a vida se escondendo dele.

A velha deu três tapinhas nas mãos de Izadora e, em seguida, ergueu o jornal no ar.

— Agora, vamos às notícias, sim?

Ainda assimilando tudo aquilo, Izzy pegou o jornal e o desdobrou.

Estava lá, na primeira página, a manchete principal em letras garrafais:

"MAIS UMA VÍTIMA DO MANÍACO ENCONTRADA MORTA" (p. 02)

Aquela manchete lhe devolveu a pouca cor à face. Queria ler mais. Precisava ler mais, mas sabia que se mexesse no jornal a vizinha saberia, então achou melhor perguntar:

— A senhora quer que eu leia a sessão de palavras cruzadas?

— Você me tem como uma velha muito da sem graça, hein? Não, claro que não... vá para a de crimes.

Izzy deu uma pequena risada diante do comentário e prosseguiu com a leitura.

"Na madrugada desta segunda-feira, foi encontrado o corpo da quarta moça morta por um assassino desconhecido. A vítima, uma mulher com cerca de trinta anos, ainda está sendo identificada. Ela foi encontrada nua, com marcas nos pulsos e calcanhares, boiando no lago do Parque Roseiral. Há suspeitas de que tenha sido estuprada. Ao que tudo indica, essa morte está relacionada ao assassinato de Beatriz Casanova, Adélia Silva e Silvana Martins."

"Relembre o caso das vítimas anteriores (p. 03)."

Izzy virou a página, ávida por continuar.

"As vítimas Beatriz Casanova (31), Adélia Silva (27) e Silvana Martins (29), segundo relatos, não se conheciam, mas foram estupradas e mortas. Seus corpos foram localizados nas imediações do Parque Roseiral. Eram moças jovens e profissionais competentes. Em comum: o gosto por se exercitar ao ar livre. Não foi possível identificar seus estupradores, uma vez que, segundo informações do Instituto Médico Legal, o exame de necropsia não identificou sêmen. Os casos continuam em investigação pela Delegacia de Homicídios."

A reportagem trazia a foto de cada uma delas.

Izadora estava quase sem fôlego. Era evidente que havia um padrão ali: local, idade das vítimas, a forma como o assassino matara, o cabelo castanho-escuro das três, e algumas similaridades nas feições. Tudo isso indicava que as três mortes, e agora a quarta, eram obra do mesmo homem.

— E aí, minha filha, leu alguma coisa interessante? Sua respiração está um pouco acelerada.

Ela não conseguiu se decidir se dona Vilma parecia um cão farejador ou uma puta de uma adivinha. Seria complicado esconder coisas dela.

— Infelizmente, sim — confessou.

— Então, que tal sair da cama e fazer o seu trabalho?

CAPÍTULO 9

Assim que Dona Vilma deixou o apartamento, Izadora ligou a televisão no canal de notícias 24 horas. Esteve tanto tempo alheia a tudo que não tinha conhecimento de nenhum dos casos. Agora, precisava saber de todos os detalhes.

Com o som da TV ao fundo e Eugene deitado ao seu lado de barriga para cima, pegou o notebook e começou uma intensa pesquisa. Não encontrou nada além das reportagens sobre os crimes. Sem pistas da identidade do assassino não tinha por onde começar, teria que esperar. Resolveu, então, ligar para o antigo chefe.

— Oi, doutor Alberto, como vai?

— Izadora, eu mal acreditei quando vi o seu número no bina. Você melhorou de saúde?

— Sim, e é sobre isso que eu gostaria de falar. Estou quase pronta para retornar. Consigo minha função de volta?

— Claro que sim. Quando pode recomeçar?

— Em breve, mas posso pedir um favor?

— Claro.

— Presumo que você esteja recebendo os informes sobre os casos do Parque Roseiral, certo?

— Aham...

— Se tiver alguma novidade no caso, você me avisa? É que uma das meninas era amiga minha — mentiu.

— Ok, pode deixar. Até semana que vem.

Não demorou mais do que quatro dias para que ela mergulhasse de volta ao trabalho. Seu chefe havia ligado e avisado em primeira mão que havia uma quinta vítima. No entanto, com um diferencial: a moça estava viva e, apesar de suas condições, deu um rápido depoimento aos policiais que a acompanharam até o hospital.

Na sala da promotoria, Izzy assistia à filmagem realizada no leito da Unidade de Tratamento Semi-Intensivo. A moça, uma dentista de 26 anos, estava bastante machucada. Marcas arroxeadas serpenteavam a região do pescoço, e os hematomas no rosto demonstravam que ela havia apanhado. O pulso esquerdo também tinha marcas e, segundo o BAM (Boletim de Atendimento Médico), a vagina tinha sido dilacerada. Porém, as marcas maiores eram as emocionais, conforme Izzy pôde atestar durante o depoimento, interrompido várias vezes para que a vítima se recuperasse do choro. Segundo relatado no inquérito, ela foi encontrada na beira do lago do Parque Roseiral, quase morta, após ser estuprada.

— Conte, ao seu tempo, o que aconteceu — pediu na filmagem um policial de ar simpático.

Falando com um pouco de dificuldade, a vítima, ligada aos monitores de sinais vitais, prosseguiu:

— Eu estava correndo no Parque Roseiral — tossiu. — Tenho o hábito de me exercitar lá. Corri uns dez minutos e aí percebi que outro corredor se aproximava...

— A que distância? A senhora tem ideia?

— Acho que uns cinquenta metros. Parecia um homem jovem, pela postura em que corria. Quando se aproximou ainda mais, vi que era muito bonito... Cheguei a reparar nele — com a confissão, o rosto dela assumiu uma tonalidade vermelha, como se tivesse exagerado no blush, atenuando o ar abatido. — Percebi que íamos nos cruzar, mas nunca imaginei que ele fosse capaz de fazer o que fez… não com aquela aparência — suspendeu o relato com um acesso de choro.

A enfermeira entregou a ela um copo com um líquido e um lenço de papel e, após um minuto transcorrido em meio a fungadas, sem que a filmagem fosse interrompida, a moça continuou:

— Ele… ele colocou um dos pés na minha frente. — Parou lguns segundos de falar, como se buscasse forças. — Eu me dese-uilibrei e caí próximo ao meio fio. A princípio, não entendi o que nha acontecido e fiquei mais preocupada em ver se eu tinha me achucado, e aí ele fingiu me ajudar a me levantar. Eu acreditei e era gentileza, mas na verdade… — soluços — foi o jeito que usou para me render.

— Como? — encorajou o detetive.

— Ele me abraçou pela cintura… Lembro do cheiro de perfume deirado… — interrompeu novamente o relato, e com os olhos em algum ponto que não a câmera, pareceu vivenciar o ocor- — me desculpe… — fungou — ele me abraçou pela cintura e tou algo duro nas minhas costelas, enquanto mandava que o panhasse. O desgraçado me abraçou! Fingiu que éramos um ara não levantar suspeitas. — O monitor cardíaco passou a m um ritmo um pouquinho mais rápido.

06 BPM — avisou a enfermeira. — Vamos precisar inter- o depoimento.

tetive pediu só mais alguns minutos e prometeu que não ir mais a vítima nos próximos dias.

s terminando e a senhora está indo muito bem… ajosa. Agora, vou pedir para que faça uma forcinha e ten brar se vocês cruzaram com alguém.

Infelizmente caminhamos até o estacionamento do parc cruzamos com mais ninguém. Acredito que foi pelo horá ndressa secou os olhos, que teimavam em encher de lágri o lenço de papel.

— E depois?

— Ele me levou até um carro estacionado e mandou que eu entrasse primeiro pela porta do motorista e me deitasse no banco de trás. Depois, entrou e se deitou por cima de mim... — Mais uma pausa no relato. Os olhos cansados e sem vida, a respiração acelerada e a inquietação das mãos que retorciam um pedaço do lençol denunciavam que ela estava chegando ao seu limite. — Não entendo! — falou irritada. — Repassar isso tudo ajuda em quê?

A enfermeira fez menção de que interromperia o depoimento, mas o policial levantou o dedo indicador fazendo sinal de que precisava de apenas mais um minuto.

— Qualquer informação que a senhora der irá nos ajudar a pegar esse meliante. Peço perdão, mas, pela minha experiência de dez anos na polícia, o melhor momento para colher o depoimento das testemunhas é logo após o acontecimento. As memórias estão frescas e a possibilidade de inserir como lembrança algo que não ocorreu é muito pequena. O que já não acontece com o passar do tempo.

A dentista puxou o ar profundamente, como se arregimentasse forças.

— Eu ouvi o clique, o barulho do travamento das portas e janelas. Nessa hora, pensei que talvez, se eu desse o que ele queria, conseguiria sair dali. Foi isso que fiz... E, de alguma forma, eu me desliguei para me preservar de lembrar do ato em si. Só acordei muito tempo depois, já nua, molhada e morta de frio na beira do lago. Consegui me arrastar e alguém que passava me viu.

O relato era forte, doloroso, inimaginável, e mulher nenhuma merecia passar por algo assim.

Izzy levantou da cadeira enojada. Sua vontade era de arremessar o monitor de vinte e uma polegadas ao chão, junto com todos os apetrechos que estavam na mesa, e os códigos e manuais penais localizados na estante.

Estupradores mexiam com ela. Acionavam algum tipo de alavanca para a violência, catapultada pela revolta. Ela sabia a razão. Lembrava daquela tarde em que viu Julia, com apenas 12 anos, cruzar pela pequena casa chorando para ir se refugiar no único banheiro. Izzy bateu na porta até a irmã abrir. Estava ensopada. Histérica, passava o sabonete repetidamente por cima do vestido, das pernas, dos braços. Izadora entrou no chuveiro e a abraçou. O choro vinha de dentro, das entranhas. Podia sentir o pequeno corpo da irmã mais nova chacoalhando violentamente. Ficaram embaixo da água fria, abraçadas, até a pele dos dedos enrugarem. Quando a menina finalmente cedeu ao cansaço, contou a ela, entre soluços, o que havia ocasionado aquela cena.

Um homem a havia seguido desde que saltou do ônibus. Ela não percebeu de início e só se deu conta na metade do caminho, quando passava pela videolocadora recém-falida. Nervosa, deixou cair o caderno que carregava com cuidado nos braços, e anotações soltas de matemática voaram ao chão. Ela não podia deixar aquilo lá. Como explicaria à amiga que perdera o caderno emprestado? Agachou-se para juntar tudo o mais rápido que podia, mas o seu rápido não foi o suficiente. O sujeito a agarrou por trás e levantou facilmente os seus quarenta e cinco quilos. Sussurrava em seu ouvido que, se gritasse, a mataria. Apertando o seu braço esquerdo e colado ao seu corpo magro, conduziu a menina até a lateral escura da locadora abandonada e ali a virou contra a parede e levantou o seu vestido. Enquanto Julia chorava baixinho e pedia para não ser morta, pôde sentir o homem esfregar um pedaço de carne, dura e melada, no vão entre suas coxas e na polpa da bunda, ao mesmo tempo em que dizia coisas que ela nunca tinha ouvido. Coisas sujas, muito sujas. Julia não soube dizer por quanto tempo o desgraçado ficou "passeando" pela sua pele branca e macia, mas somente que ele, de repente, parou. Parou, mandou que ela não se virasse e sumiu. Possuída pelo medo, permaneceu na mesma posição por alguns minutos. Só quando o terror se metamorfoseou em nojo foi que percebeu um líquido pegajoso entre as pernas, molhando parte da calcinha florida.

Izadora nunca conseguiu esquecer tudo aquilo que ouvira da irmã. Jurou para Julia que não contaria aos pais, e não contou, mas também não contou que naquele mês em que acompanhou a caçula pelo mesmo trajeto, ela o fez portando uma faca surrupiada da gaveta da cozinha. Não sabia se teria coragem de usar a arma, mas nutria o desejo de cortar as bolas do homem e servir aos gatos. Por sorte ou azar, nunca encontrou o sujeito.

Izzy bateu a porta do apartamento ainda transtornada por aquelas lembranças. O cheiro do sabonete que Julia esfregara no corpo a invadia por todos os poros. Daquele dia em diante, jamais conseguiu usar algo que cheirasse a alfazema: embrulhava seu estômago.

Jogou a chave de casa na bancada da cozinha e correu para o banheiro com Eugene logo atrás. O jorro tingiu o vaso. O conteúdo parecia ter saído daquele filme, As Bruxas de Eastwick, mas no seu caso não eram cerejas. Limpou os lábios com as costas da mão e, para não parecer que havia um cadáver em sua boca, bochechou com enxaguante bucal. A moça pálida de olhos amendoados que a olhava de volta prometeu que algum dia acharia o monstro que fizera aquilo com Julia e o mataria. Como? Ela sabia como…

Com o coração pulando dentro do peito, foi até o armário do quarto e abriu uma das gavetas. Dali retirou uma caixa de 15 por 15 cm. As mãos trêmulas levantaram a tampa, no interior, um delicado saquinho de organza branca.

Meu tesouro maldito.

Ali repousava uma calcinha também branca, estampada com pequenas margaridas, maculada pelo sêmen do agressor e aguardando o momento de ser testada.

CAPÍTULO 10

Arthur voltava de seu exercício matinal quando foi abordado pelo porteiro do seu prédio. O homem, um cearense baixinho e falante, regava os canteiros da calçada enquanto conversava com uma mocinha que parecia mais interessada no celular do que em seu falatório. Quando ele avistou o juiz chegando, largou o monólogo de lado.

— Doutor Arthur… bom dia! O senhor viu os jornais de hoje? — interpelou o rapaz.

Arthur diminuiu o passo.

— Ainda não, Josué. O que têm eles? — perguntou mais por educação do que por vontade de saber. Ele não estava nada a fim de bater papo. Sentia gotas escorrerem pelas costas, como uma garrafa de cerveja estupidamente gelada em dia de intenso calor, e ansiava por um bom banho.

— Oxe, o relato todinho da mulher achada no parque. Deram até apelido para o cabra, um tal de "Maníaco das Corredoras". Povo criativo, esse! Desenharam o retrato dele e tudo… Espero que esse fio da peste seja preso. Esse negócio de agarrar mulher à força é errado. Minha mãe, que não tinha instrução, sempre ensinou que não se pode bolinar.

Ele meneou a cabeça e seguiu o seu caminho. Sua mãe também o havia ensinado a mesma lição, aprendizado que lhe custou muito, muito caro.

Assim que apertou o botão do sétimo andar, ouviu uma voz rouca vindo do corredor.

— Segure o elevador, por favor...

Arthur, obedientemente, manteve apertado o botão que impedia as portas metálicas de se fecharem, até que a dona da voz entrou esbaforida.

— Nossa, você por aqui? Que coincidência... — Mal podia acreditar. — Qual andar?

— O mesmo que o do senhor, doutor... — Izzy respondeu abrindo um sorriso largo.

A visão era de parar o trânsito. Como era possível alguém ficar tão bonita com jeans e camiseta? A calça *skinny* modelava o corpo ampulheta. A camiseta preta permitia a ele admirar os ombros bem delineados, o colo perfeito e parte de uma tatuagem na região da nuca, que não conseguiu distinguir de tão atordoado que ficou. Ela conseguia ficar sexy tanto de tênis quanto de salto alto. Ele sentiu o sangue sendo bombeado para a virilha e fez uma força tremenda para abaixar o bombardeio hormonal. Puxou o primeiro assunto que veio à cabeça.

— Estava sumida. Nunca mais a vi por aqui. Cheguei a pensar que tinha desistido dessa vida.

De fato, Izzy havia sumido nos últimos meses, e quando retornara Arthur estava de férias. Era a primeira vez que se encontravam desde o julgamento do Alfa.

Izadora o olhou de um jeito engraçado e afastou um pedaço da franja loira que teimava em pousar sobre o olho esquerdo.

— Não, senhor, de forma alguma. Gosto muito de trabalhar aqui.

— Já disse que não precisa me chamar de "senhor". Prefiro

um "você", ou pode ser "Arthur", também. — Estava difícil manter alguma linha de pensamento que não incluísse ele provando-a. Estava faminto, como alguém que entrava em uma churrascaria após sair de uma dieta rigorosa que durara meses. — Na última vez em que nos vimos, você preferiu a companhia da *Netflix* — soltou uma pequena risada, tentando quebrar o gelo.

Ele sentiu que ela ainda mantinha uma certa distância, apesar de descruzar os braços e sorrir com os olhos.

O marcador do andar possibilitava mais uns trinta segundos daquilo. Precisava decidir rápido se tentava um novo convite ou ia com calma. Escolheu a segunda opção.

— E o que a traz aqui ao Fórum em uma roupa tão informal? Não pretende assistir às audiências hoje?

— Na verdade, vim encontrar o doutor Alberto, vamos participar de uma operação.

— Ah sim, a força-tarefa para capturar o *maníaco*? Alberto comentou que andava tendo conversas com o delegado e a ideia era infiltrar uma policial com as mesmas características das vítimas antes que o plano vazasse para a mídia. Viu os jornais de hoje com o retrato falado?

— Vi, sim, e é por isso que começaremos hoje mesmo!

Izzy acompanhou o doutor Alberto nos dias da operação.

Nos três primeiros dias, não houve resultados, até que, no quarto, a coisa toda mudou de figura.

Ela estava na delegacia acompanhando o promotor quando policiais entraram escoltando um homem jovem e muito bonito — daquele tipo de beleza clássica que consegue chamar a atenção por onde quer que passe: maxilar quadrado, proporções perfeitas, sobrancelhas grossas e boca bem-desenhada, somada à pele azeitonada e aos cabelos escuros encaracolados. Ele vestia shorts e camiseta de corredor.

Além da beleza, ela percebeu que o rapaz exalava um ar de superioridade, uma certa arrogância, e estava bastante tranquilo para alguém na situação dele.

A policial que realizou a prisão dava o seu depoimento em uma sala mais ao fundo, enquanto Izzy assistia ao escrivão colher os dados do preso: Ariel Menezes Abrantes Gurgelim, 27 anos, empresário, nascido em 23 de agosto de 1990, filho de Carlos Eduardo Abrantes Gurgelim e Liliane Menezes.

Aqueles nomes não disseram nada a ela, até que o doutor Alberto encostou ao seu lado no balcão.

— Izadora, viu de quem ele é filho? Não sei se conseguiremos mantê-lo preso… — sussurrou.

— E isso importa? O homem foi preso em flagrante tentando estuprar uma policial! — disse num tom normal, mas que na sala vazia saiu um pouco mais alto do que o desejado.

— Xiu — ele levou o indicador à boca. — Você está duplamente enganada. Leia aqui o depoimento da agente. — Doutor Alberto estendeu a cópia para ela, os ombros caídos, indicando uma postura de derrota.

TERMO DE DEPOIMENTO
TESTEMUNHA/AUTORIDADE CONDUTORA:
Camila Alves da Costa, Inspetora da Polícia Civil, mat. 10.342.

"Que na noite de 08 de agosto de 2018, por volta das 22h30, estava trabalhando disfarçada na operação '5K' quando avistou o indivíduo se aproximando; que o reconheceu da noite anterior, ocasião em que também se cruzaram e ele a encarou e sorriu; que o indivíduo lembra bastante o retrato falado elaborado pela vítima Andressa Vilela; que novamente foi avistado encarando e sorrindo para ela; que retribuiu o gesto; que não demoraram a se cruzar e, quando isso aconteceu, percebeu que o ora preso colocou o pé na frente dela para que caísse, exatamente como relatado pela vítima Andressa; que não conseguiu evitar o tombo; que, enquanto caída no chão, o ora preso fez menção de ajudá-la a se levantar e, para isso, passou o braço direito pela sua cintura; que sentiu algo duro contra as costelas e reagiu; que sacou o revólver calibre 22 e deu voz de prisão; que o ora investigado demonstrou surpresa quando foi cercado pelo restante da equipe. Questionada pelo Dr. Carlos Azambuja, delegado de polícia, respondeu que na primeira noite em que se encontraram nada aconteceu, mas que desconfiou do ora preso pela forma como a olhou e por parecer muito com o retrato falado; que a equipe decidiu repetir a operação nesta data; que ele não estava com o canivete na mão quando foi preso; que a arma estava na cintura dele, presa ao short. Nada mais a ser dito ou perguntado, encerro o presente depoimento às 00:17 h.

— Puta que pariu! — Izadora exprimiu toda a sua frustração no palavrão e devolveu a folha ao chefe. — Não estou acreditando nisso... Como essa policial foi dar uma mancada dessas? Por que não esperou ele encostar a porra do canivete nela pra só depois prendê-lo?

— Pois é, não temos flagrante de nada. — Alberto suspirou. Desanimado, fez menção de acender o cigarro que guardava como muleta. Izzy sabia que ele havia sido obrigado a parar de fumar pelo médico, mas que sempre trazia consigo um único cigarro salvador para ser degustado em momentos assim.

O promotor pegou o isqueiro no bolso da calça e o levou à altura da boca. Uma brasa incandescente se formou com a primeira tragada redentora. Acalmou-se observando a fumaça subir em espirais.

— Para completar, o rapaz é filho de um dos empresários mais ricos do país. Ramo da construção civil. Tem diversos contratos com o Poder Público — contraiu o rosto, como se sentisse uma pontada de dor. — Com um flagrante desses e os melhores advogados que o dinheiro pode comprar, será impossível sustentar essa prisão. Acabei de ser comunicado que o escritório de advocacia que representa a construtora impetrou junto ao Plantão Judiciário noturno um Habeas Corpus. Pediram o relaxamento da prisão alegando flagrante ilegal e digo que vão conseguir. Não dou duas horas para o Oficial de Justiça chegar trazendo o Alvará de Soltura.

E foi exatamente o que aconteceu. Ariel Gurgelim não passou sequer uma noite inteira na delegacia.

CAPÍTULO 11

As batidas na porta sobressaltaram Izzy, que tomava o café da manhã na cozinha enquanto assistia à televisão debruçada sobre a bancada americana. Ela deu passos rápidos até a entrada e olhou pelo olho mágico. O cabelo grisalho curto e repicado era inconfundível. Izadora sentiu como se o coração batesse no fundo da goela, e os pensamentos se chocassem.

— Dona Vilma, só um minutinho… — gritou. — Preciso me vestir.

Correu para a cozinha e guardou o pedaço de carne que comia. Jogou a louça na pia e abriu a torneira. A água lavou o sangue. Voou até a terceira gaveta do armário e pegou uma caixa de incenso. Abanou a fumaça esperando que o cheiro forte de canela tomasse o cômodo com rapidez. Depois voltou para a porta da sala e a abriu.

— Estou interrompendo alguma coisa? — Dona Vilma riu. — Alguma companhia mais interessante que a minha? — fez uma cara safada.

— Não… não. É que eu acabei de sair do banho.

— E esse cheiro? — Dona Vilma fungou forte. — Estava curtindo *um barato*, minha filha?

— Não, Dona Vilma! É canela — Izzy riu incomodada. — Vem, entra...

A vizinha tateou o corredor com a bengala e sentou-se no sofá.

— Vim tomar um café e comentar sobre o caso do maníaco.

— Vou passar agora um fresquinho, mas a senhora pode ir falando que escuto da cozinha.

— Sei que posso parecer insensível ou mórbida... Ah, que se dane — abanou a mão —, mas essa fofoca toda da mídia em torno do pobre menino rico está uma delícia, tem entretido as minhas tardes...

— É mesmo?

— Ontem, naquele programa de auditório que passa no canal 45, aquele que é uma mistura de lavação de roupa suja com psicoterapia grupal e meteção de bedelho na vida dos outros, debatiam que trauma esse rapaz deveria ter para virar um criminoso.

— Não acho que ele tenha algum trauma... — O cheiro do café se misturou ao do incenso de canela. Izadora serviu a xícara e sentou-se ao lado da visita. — Aqui, Dona Vilma. — Estendeu a louça para a idosa.

— Ah, minha filha, eu também acho que não. Isso é conversa de advogado. Onde já se viu um rapaz belo daquele jeito, e milionário, ser traumatizado? — Izzy se questionou como ela sabia que Ariel era realmente bonito. — Bom, mas isso saberemos em breve, não é mesmo? — Deu uma piscada. — O julgamento começa essa semana, não é?

— Depois de amanhã. O processo andou rápido.

— Não é surpresa alguma. Tudo para quem tem dinheiro é mais rápido. — A vizinha levou a xícara aos lábios.

— Mas não foi por isso, dona Vilma. A senhora deve ter ouvido falar sobre o programa de "Tolerância Zero". No intuito de diminuir a violência, a Justiça precisa ser rápida para ser eficaz. Além do mais, todas as provas já estão no processo.

— E você acha que ele é culpado ou inocente? — perguntou, marota.

— Peço desculpas, mas não posso falar sobre o que li nos autos.

— Só uma opiniãozinha! — A vizinha colocou a mão no braço dela e fez cara de pidona. — Até parece que eu vou sair por aí comentando. A única pessoa, além de você, que me dá ouvidos é a Creuza, mas desconfio que ela fique com fone escutando pagode enquanto fingimos que conversamos.

Diante da falta de resposta, Dona Vilma insistiu.

— Ah, vai... Dá um aperitivo pra essa velha aqui. Imagina se empacoto à noite e fico sem saber! Volto para puxar seu pé, hein?

Izadora riu. A mulher não era fácil.

— Bom, com uma ameaça dessas... Mas, olha só, é a minha opinião e a senhora não pode falar com ninguém, tá certo?

— Só se eu conversar com a parede, minha filha. Está combinado.

Izzy revirou os olhos.

— Eu acho que ele é culpado, sim, mas não será fácil condená-lo, porque houve um erro sério em uma das provas.

— E isso te preocupa?

— É, preocupa...

— Bom, o papo está ótimo — disse, entregando a xícara com o líquido ainda pela metade — mas já estou indo.

Dona Vilma se levantou e foi andando na direção da porta.

— Volto no fim da semana e não será para o café, que, por sinal, é horrível — riu. — Você precisa praticar, ou pelo menos provar, né, antes de servir. Agora, se for caso perdido, que tal comprar uma cafeteira?

Naquela manhã, quando chegou ao Fórum, Izzy percebeu que a expectativa de público era grande. Senhas estavam sendo distribuídas para quem pretendesse assistir à audiência, e a segurança havia sido reforçada. Vários organizadores de filas traçavam o caminho a ser percorrido pelas pessoas que aguardavam do lado de fora, empolgadas como se fossem a um show de rock.

O ambiente parecia mais imponente do que nunca. O prédio,

inicialmente concebido na década de 1920, precisou ser aumentado no decorrer dos anos. A parte antiga preservava a arquitetura eclética clássica com inspiração Renascentista italiana. Izadora sempre imaginava, quando batia os saltos nos degraus de pedra, o efeito que a fachada, com sua grande escadaria em mármore preto e as seis colunas centrais — também em mármore —, causariam aos que ali entravam para serem julgados. As amplas janelas em arco, assim como as portas, conferiam um ar dramático e exuberante. Já o anexo, mais moderno, apesar de bastante bonito com o seu exterior envidraçado, perdia em charme.

Ela passou pelo enorme átrio com piso que lembrava um tabuleiro de xadrez e paredes trabalhadas em estilo Barroco e Rococó. Subiu a escada lateral, passando pelo grande vitrô da Deusa Themis portando a balança e a espada, que antecedia o Salão do Júri. *Temos algo em comum*, concluiu, admirando a peça de arte. Izzy também tinha a sua espada e, se estivessem em tempos remotos da humanidade, com certeza seria considerada uma deusa pagã, digna de sacrifícios. Quando estava prestes a entrar na sala de audiências, ouviu uma voz conhecida.

— Izadora! Izadora! — girou os calcanhares e viu que era Arthur. Tinha deixado uma barba rente crescer e estava corado. Talvez por isso seus olhos parecessem mais vivos. O cabelo castanho jogado e a roupa social completavam o visual.

Ela sentiu um calor subir à face e procurou disfarçar o melhor que pôde, mas não conseguiu deixar de pensar que graças a Deus esse encontro não ocorreu nas imediações da dona Vilma, o "radar ambulante", que na mesma hora perguntaria: "*Nervosa, menina? Seu coração acelerou*", e, com esse pensamento, sorriu.

— Segunda vez que te vejo sorrir. Fica bem em você, sabia?

— Ah, obrigada. — A aparência dele aliada ao fato de que tinha sido sempre gentil e simpático estava mexendo profundamente com ela.

— Vai assistir ao julgamento?

— Não perderia por nada.

— Será que hoje eu consigo aquele jantar? — Ele a olhava emanando uma espécie de expectativa.

— Quem sabe... — respondeu com sinceridade.

— Espero conseguir convencê-la até o final do dia, mas posso garantir que não mordo — riu.

Ah, se ele soubesse que eu, sim... ela achou graça da sua condição pela primeira vez.

Entraram juntos na sala de audiências. O local estava lotado. Advogados, estudantes de Direito e curiosos fizeram fila desde cedo para conseguir as senhas. Somado a isso, diversos veículos de notícias haviam solicitado credenciamento para poderem acompanhar o julgamento, o que foi deferido pelo juiz com uma pequena ressalva: não poderia haver filmagens dentro do salão.

Assim que garantiu um lugar na plateia, Izadora testemunhou um grande burburinho na porta de entrada da sala. Uma aglomeração repentina anunciava a chegada do acusado. Com um conjunto azul marinho de calça social com paletó e uma blusa de linho branca, parecia ter se vestido para um evento de negócios. A calça com a bainha dobrada deixava a vista o sapato *mocassin*, sem meias. O rapaz lembrava um modelo italiano de uma grife de moda famosa. Vinha acompanhado de sua noiva, uma *socialite* belíssima; de seu pai, o tal dono de construtora com vários contratos com o Governo e, logo atrás, integrando o *entourage*, vinha o advogado, doutor Canavarro.

Eu devia ter imaginado... só um traste para defender outro.

Engoliu o gosto de bile e massageou o peito: a contratação do doutor Canavarro já indicava mau agouro para o caso.

Izzy tentou se acalmar, permanecer confiante. Para isso, repassou mentalmente as provas do envolvimento de Ariel com os crimes: o retrato falado, o *modus operandi*, um canivete apreendido com ele e um possível reconhecimento da vítima sobrevivente.

Isso tem que ser o suficiente!

O público se mostrava ansioso pelo início da audiência, e algumas pessoas cochichavam questionando onde estavam os jurados.

— Boa tarde a todos — cumprimentou Arthur do alto da sua tribuna. — Peço silêncio aos presentes para que possamos iniciar a audiência. Para aqueles que desconhecem o procedimento elencado no Direito Processual Penal, os crimes dolosos contra a vida são bifásicos. Isso significa que possuem duas fases, e o corpo de jurados participa somente da segunda. Assim, para decepção de alguns que esperavam mais emoção, esta primeira audiência será presidida e decidida pelo Juiz Togado, que, no caso, sou eu. Podemos começar, doutores?

Acusação e Defesa anuíram.

O promotor pediu que a vítima sobrevivente entrasse. Em seu lugar, entrou um médico com uma declaração de que a dentista se encontrava entubada diante de complicações no seu quadro. Adquirira uma infecção severa e corria risco de morte. Havia, inclusive, chances de não passar das próximas vinte e quatro horas. Não restou alternativa ao juiz senão adiar a audiência, remarcando-a para dali a três dias.

Enquanto o recinto se esvaziava, Izzy observava a satisfação do réu, que sorria confiante para a noiva. Reparou que, agora sem o paletó, por baixo da blusa social havia um corpo moldado por músculos. Com certeza aquela águia do doutor Canavarro o havia aconselhado a evitar a pista de corrida enquanto durasse o seu julgamento. Porém, como todo bom predador que não consegue ficar longe de suas presas — e ela bem sabia disso — ele provavelmente estaria malhando em alguma academia perto de casa. Ela descobriria em qual.

Absorta nesses pensamentos, não notou a aproximação de Arthur.

— Vamos? — perguntou ele, estendendo a mão para auxiliá-la a se levantar.

— Hã?

— Lembra...? Você me prometeu um jantar!

— Prometi?

— Bem, não claramente, mas digamos que eu nutri a esperança

de que hoje você me daria a honra da sua companhia. — Arthur fez uma reverência e sorriu, formando as tais covinhas que ela tentava, sem sucesso, ignorar.

Izzy aceitou a mão estendida e levantou-se.

Ao chegarem ao corredor, ela pediu um minuto para ir ao banheiro feminino.

Enquanto lavava as mãos e se olhava no espelho, pensando em como faria para lidar com aquela situação arriscada, a porta de uma das cabines privadas abriu e dali saiu a "Cinderela" — com a diferença de que o Príncipe, no caso, nada possuía de encantado, era um maníaco estuprador.

Paradas lado a lado na pia do banheiro, entreolharam-se através do espelho e Izzy viu uma jovem linda, porém vazia. Do que adiantaria ter o nariz perfeito, o cabelo loiro longo e sedoso saído de um anúncio de produto capilar, olhos de um azul turquesa que lembravam uma praia do Caribe, peitos que miram o céu, e se envolver com um monstro desses?

— Como você pode se relacionar com um homem daqueles? — Não se conteve e perguntou, contraindo os lábios.

— Como? Rico, bonito, educado e que me dá tudo o que quero? — respondeu com as mãos na cintura. — Fácil, fácil. Quem pergunta é porque nunca experimentou…

Izzy se virou para ela.

— O dinheiro não compra tudo!

— Isso é conversa de gente dura. — Cinderela não tirou os olhos da própria imagem, para logo depois se concentrar em retocar o batom.

— Se ele é violento com as outras, uma hora vai ser com você. — Izadora insistiu, encarando a moça pelo reflexo.

Cinderela interrompeu o trabalho de arte que fazia na boca, levantou os olhos do espelho e guardou o batom na bolsa.

— Um tapinha não dói, meu bem. Eu até gosto. Apimenta o sexo — disse, para logo em seguida sair do banheiro, deixando Izzy para trás, chocada com a resposta.

Queria ver a princesa falar isso para as cinco vítimas do namoradinho dela.

Izzy permaneceu parada no banheiro por dez minutos. Encarava o seu reflexo procurando algum indício de anormalidade. Analisava os prós e contras do encontro com Arthur.

— Pare de ser louca — falou para si —, é só um jantar. Ele não vai perceber o que você é. Fique calma! — Secou as mãos suadas e respirou fundo.

Concluiu que não poderia se refugiar no banheiro a noite toda e retornou para o corredor. Encontrou Arthur sentado em um dos bancos.

— Nossa! Achei que você tinha fugido pelo basculante do banheiro. Já levei foras antes, mas desse tipo seria a primeira vez — ele riu, aparentando alívio.

— Você gosta de comida japonesa?

Arthur levantou-se num pulo.

— Sim. Adoro. Conheço um lugar ótimo!

— Calma — Ela sorriu puxando os cantos da boca para cima e levantando as bochechas, dando a impressão de que os olhos também estavam sorrindo —, podemos ir nesse lugar outro dia. Hoje, vamos para a minha casa? Pedimos para entregar a comida. O que acha?

— Fechado!

Logo que Izzy abriu a porta de casa, Arthur se surpreendeu com um gato pulando no colo dela.

— Esse é o meu companheiro, Eugene — falou mostrando o gato para ele.

Arthur fez um pequeno afago na cabeça do felino, gostando de tocar nos pelos macios dele.

— Será que tenho alguma chance com um rival desses? — riu.

— Venha, entre, fique à vontade. Sente-se ali no sofá enquanto peço a comida. Não repare, mas o apê não é grande e o prédio é antigo. Um pouco barulhento.

Arthur estava curioso. Ele queria descobrir mais sobre ela. Na verdade, queria descobrir tudo o que pudesse para, quem sabe assim, compreender a razão pela qual se sentia tão atraído a ponto de tentar se aproximar depois do que aconteceu na última vez em que se apaixonou de verdade.

Sem cerimônia, enquanto Izadora estava na cozinha abrindo um vinho, Arthur levantou-se para observar cada detalhe do apartamento e da decoração.

A sala não era muito grande, mas possuía um aspecto aconchegante. Um sofá confortável, desses retráteis com encostos reclinados, próprios para assistir a um filme esparramado, ocupava quase a metade do ambiente. Imaginou como as visitas deviam se sentir pouco à vontade ao se sentarem e afundarem nele. Talvez isso pudesse significar que ela recebia poucas pessoas e não tinha uma vida social intensa.

Um tapete felpudo e uma mesa de centro quadrada de madeira com tampo de vidro faziam composição com a área de estar. Não havia muitos enfeites sobre a mesa: um conjunto de velas perfumadas, um *bowl* com bolas de vidro daquelas de Natal — o que ele achou curioso e pensou ser perigoso por causa do gato — e três livros de fotografias sobrepostos. Ele não resistiu e folheou as obras. Admirou a beleza da flora e fauna da Amazônia, encantou-se com as pinturas retratadas no livro sobre arte clássica e sentiu fome com as fotos de comidas típicas do Brasil.

— Aceita um vinho? — Izzy saiu da cozinha carregando a garrafa e uma taça. Era um bom chileno.

— Claro — aceitou a taça e ela o serviu. Depois mencionou que precisava acabar algo que estava fazendo e retornou para o balcão ao lado do fogão.

Arthur saboreava o vinho ao mesmo tempo em que a observava. Ela parecia à vontade e relaxada com a sua presença. O gato pulou por cima do balcão da cozinha e aterrissou numa das três banquetas amarelas que havia por trás do sofá cinzento. Se tivesse mais intimidade, se estivessem juntos há algum tempo, ele adoraria se sentar ali para vê-la cozinhando, vestida apenas com a sua blusa social depois de uma noite juntos.

Afastou esse pensamento antes que seu corpo respondesse a ele e foi futucar a estante localizada ao fundo, à esquerda. A coleção de livros era vasta e incluía, além dos livros de Direito, romances espíritas, livros budistas, literatura policial e até literatura erótica — o que o admirou bastante, por achar que ela não era dessas que sonhava com um *CEO Encantado*. Brincaria com ela sobre isso em outra hora.

Perpendicular à estante havia um rack com uma grande TV, com cerca de cinquenta e cinco polegadas, um incensário e alguns vasinhos de suculentas.

Era um lugar onde ele gostaria de estar mais vezes e o ambiente agradável colocou um sorriso em seu rosto. Porém, uma coisa o intrigava: não havia uma foto sequer, ou um porta-retratos dela mais nova com membros de sua família. Nenhuma foto com amigos ou de viagens. Nada. É como se Izadora não existisse antes.

A campainha tocou, o jantar havia chegado.

— Posso atender, Izadora?

— Sim, por favor.

Arthur recebeu a entrega e pagou pela comida encomendada. Quando Izzy o repreendeu por não terem dividido a conta, ele respondeu que não faltariam oportunidades, o que a fez pensar que ele pretendia estreitar os laços. Isso a deixou um pouquinho nervosa, mas estava decidida a dar um passo de cada vez. Se preocuparia, naquele momento, apenas em servir o jantar, antes que tivesse um surto de fome e comesse aqueles lindos olhos verdes.

Arrumou algumas das peças em um prato decorado e colocou-o

na mesa de centro, junto com *hashi*, *wasabi*, porçãozinha de gengibre e *shoyu*. Em outro prato, posicionado de frente para o lugar onde se sentaria, serviu uma pequena porção do Alfa que ela havia preparado habilmente na forma de sashimis enquanto Arthur se distraía na sala.

O casal sentou-se no chão de pernas cruzadas, entre o sofá e a mesa de centro. Izadora alcançou duas das várias almofadas roxas que decoravam o sofá e ofereceu uma a Arthur, para que colocasse atrás das costas.

— Você mora aqui há muito tempo? — ele perguntou mergulhando uma peça no molho de soja.

— Não muito.

— Sabe, eu também sou sozinho. Entendo como você se sente. — Deu uma golada na sua taça de vinho. — Não sente falta de companhia?

— É complicado. Sou uma pessoa difícil de conviver.

— É mesmo? Tenho a impressão de que você seja difícil de *se envolver*. Talvez por medo ou por ter se machucado antes. Acredite, eu sei como é.

Ela não respondeu, apenas o encarou e aí foi a sua vez de dar uma golada no vinho.

Resolveu, então, servir-se da sua peculiar porção de comida, e isso aparentemente chamou a atenção do visitante, que se esticou para pegar com o hashi uma fatia daquele sashimi diferente.

— Que peixe é esse com essa carne escura? Não é atum…

O coração dela pulsava na garganta diante da possibilidade de Arthur comer aquilo.

— Me dá um beijo? — falou para impedi-lo.

Ele simplesmente parou no meio do movimento como se não acreditasse no pedido ou não soubesse como agir, ou talvez a achasse meio louca. Apenas a encarou como se tentasse ler o que se passava dentro dela.

Ela precisava que ele largasse a carne.

— E aí, vai me dar um beijo ou prefere perder tempo tentando me entender?

O segundo pedido foi o bastante.

Ela havia se esquecido de como era bom ser beijada, sentir a cabeça nas nuvens e o coração fora do peito. Era um beijo reprimido. Percebia isso pelo jeito que ele a segurava. Arthur embrenhara os dedos pela nuca dela e a agarrava com força. Sorvia os seus lábios com tanta necessidade, com tamanha ânsia, que pôde senti-lo como se ainda estivesse ali dois dias depois. Percebeu também que ele estava excitado.

Um beijo levou a outro, que levou a outro, e a outro. Até que ela o empurrou, interrompendo o contato entre as bocas inchadas.

— Por favor, vá embora! — O peito dela subia e descia.

— Por quê? Fiz alguma coisa que você não gostou? Desculpa... é que você mexe comigo de um jeito que até eu estou tentando entender.

— Não é isso...

Tentou se aproximar de novo, insistir, mas Izzy o afastou, esticando o braço.

— Por favor, Izadora, não faz assim. Você não tem ideia do que já passei.

— Tenho os meus motivos. — Era difícil mandá-lo embora — Quero ficar sozinha.

Arthur levantou-se, pegou o seu casaco e a pasta e, sem dizer uma palavra, saiu porta afora.

CAPÍTULO 12

Ele desceu as escadas do prédio dela correndo. Não entendia o que tinha acontecido. Será que havia acionado algum gatilho sem perceber? Chegou ao primeiro andar e, desatento, quase não cumprimentou uma senhorinha que colocava o lixo para fora.

— Boa noite…

— Boa noite, meu jovem — a idosa respondeu, arrastando o saco com uma mão e usando a outra para se apoiar na parede.

— Deixe que eu ajude a senhora. — Ele pegou o lixo e, em um rápido movimento, jogou-o na lixeira do canto do corredor.

— Que gentileza, hoje em dia não vemos muitos jovens assim. Veio visitar alguém? — Ela passou o braço direito pelo esquerdo dele e permitiu que Arthur a amparasse até a porta do seu apartamento.

— Ah sim, sou amigo da Izadora. A senhora a conhece?

Ele acompanhava o passo dela. Ficou claro para ele que ela era cega desde o momento em que a viu.

— Claro. Boa moça, sabe? Um pouco sozinha. Precisa ter paciência para quebrar a casca.

— Entendi.

— Uma companhia como a sua a faria muito bem. Aquela menina precisa de alguém além do gato.

— Pois é, mas parece que ela não concorda com a senhora — suspirou.

— Ela te mandou embora? — eles pararam na entrada do apartamento.

— Mais ou menos isso — ele respondeu frustrado.

De braços dados, a idosa pousou uma mão na dele e levantou o rosto, como se o encarasse.

— Então, pode ter certeza de que está no caminho certo. Meu rapaz, a gente não pode querer que um homem da pré-história que nunca viu uma privada reconheça de cara que aquele buraco aguado é para escorrer a caca. Até isso acontecer, ele vai sujar tudo em volta. Entende? Dê um tempo para ela. Garanto a você que logo, logo ela vai se dar conta de que o amor é uma M. E. R. D. A. — deu uma risada com a palavra soletrada e se soltou dele.

Arthur se deu conta de que ela não enxergava com os olhos da carne, mas era sábia e perspicaz o suficiente para notar coisas menos óbvias.

— É verdade, dona…

— Vilma.

— Então, dona Vilma, muito prazer, Arthur. Pelo visto, Izadora e eu temos muito mais em comum do que imaginamos.

Aquela senhora espirituosa melhorou o seu astral a ponto de fazê-lo mudar de ideia quanto a passar no *clube* — estava trabalhando isso na terapia.

Tentava, desde a última recaída (no dia da absolvição do Alfa), lidar com as decepções e com a culpa de outro jeito, mas não era fácil. Livrar-se desses sentimentos através da dor era mais simples, e até menos trabalhoso, do que encarar o psicológico. Além do mais, estava no meio de um julgamento e não podia correr o risco de aparecer mais uma vez com hematomas no trabalho. Mesmo compreendendo que estava em um tratamento para resolver questões internas, chegou em casa chateado.

O *loft* de 130 metros quadrados tinha uma decoração *clean*. Os móveis eram brancos sem suntuosidade. Suas linhas retas, juntamente com o minimalismo dos acessórios de decoração, traziam a sensação de amplitude e pureza ao ambiente. As enormes janelas proporcionavam muita iluminação natural. Uma porta de correr separava o banheiro do quarto. Ele nunca notara a austeridade do seu apartamento até compará-lo ao de Izzy. Lindo, sem dúvidas, mas frio e clínico. Não era um lar, era uma foto de uma revista de decoração.

Tomou um banho e se deitou na cama *king* pensativo. Tudo no apartamento causava a impressão de que o imóvel era grande demais para uma pessoa só. Teria decorado assim propositalmente?

Ali, em seu recanto particular, deitado encarando o teto, pensava em Izzy. O que ela tinha que havia mexido tanto com ele, que o fazia reavaliar sua promessa após o ocorrido com a Malu?

A Malu havia mudado toda a sua vida. Como uma única pessoa pode traçar o futuro de outra? Sabia que viver era feito de escolhas. Ouvia desde pequeno a mãe pregando que somos responsáveis pela vida que desenhamos, portanto, uma única escolha diferente teria mudado tudo… Uma única escolha que não envolvesse a Malu.

A lembrança de quando a viu pela primeira vez veio forte. Aquele uniforme sem graça do colégio, mas que nela chamava a atenção de todos os garotos do terceiro ano: a saia estilo colegial, na cor azul-marinho bem acima do joelho, aliada à blusinha fina de botão, na cor branca — que permitia que se visse o sutiã rendado, e na qual ela sempre dava um nó quando saía da escola — foram responsáveis pela sua atração desde o primeiro dia em que se cruzaram. Ela, vinda da cidade grande, espevitada, inteligente, descolada e popular, mal o notara, tímido, introvertido, alto demais e magricela. Passava rindo com as amigas sem se dar conta da sua existência.

A lembrança se desmanchou como fumaça e em seguida surgiu

outra: quando Malu caiu da bicicleta voltando da aula e ele a ajudou. Seguia a menina à distância por causa da paixão juvenil que o incendiava por dentro. Contentava-se em admirar aqueles cabelos pretos com suas ondas ao vento, o sorriso largo e a risada forte. Tentava entender por que ela parecia tão feliz em um mundo que não fora feito para a felicidade. Estava perto demais quando avistou o pneu dianteiro da bicicleta bater em um buraco e jogá-la longe, como um cavalo chucro. A cena dela caída no chão com o joelho ralado fez com que ele vencesse a timidez e a ajudasse. Foi através desse pequeno acidente que Malu aceitou sair com ele para comer um hambúrguer na praça. Quase podia sentir novamente o cheiro do seu perfume naquela noite. *Se ao menos não a tivesse seguido, não a tivesse ajudado, ou não a tivesse convidado...*

— Oi, você está bem? Deixa eu te ajudar... — ofereceu ajuda vencendo a vergonha, que teimava em se mostrar presente através do rubor em sua face.

Como um borrão, a memória do primeiro contato se desfez e formou-se uma nova, a da noite fatídica. A música que tocava na festa veio à mente com força total. Lutou contra a lembrança eminente, recusando-se a lembrar dela daquele jeito e ter que sentir mais uma vez a culpa pelo que fizera.

Levantou-se da cama e foi jogar uma água no rosto. Travava uma batalha com a memória do fato que mudara a sua vida. Já tinha pesadelos com aquilo há quinze anos, não era justo que precisasse encarar o seu erro acordado também. Já não era suficiente que aquilo o impossibilitava de ter relacionamentos sérios? Foi esse último pensamento, sobre envolver-se com uma mulher, que puxou Izzy para a sua mente.

Se Izadora aparentava estar dividida, ele tinha tantos motivos ou mais para tal. Se, para dona Vilma, o amor era uma merda, para ele significava destruição. Topar com alguém tão fodida quanto ele, e que evitava a todo custo se envolver, era fato inédito. Talvez fosse essa a razão da atração incontrolável que andava sentindo pela estagiária do Alberto.

CAPÍTULO 13

Nos dois dias que se seguiram ao jantar com Arthur, Izadora decidiu tentar se manter afastada dos corredores do Fórum. Ela precisava cortar o mal pela raiz. Quem sabe quando se esbarrassem novamente ele já teria se esquecido do ocorrido e poderiam partir dali, como se nada tivesse acontecido entre eles.

No primeiro dia, tentou se concentrar em outros afazeres, em ocupar a mente e, por isso, bateu na porta da dona Vilma para ver se podia ajudá-la com alguma coisa. A vizinha, que não era boba, já sabia que, mais uma vez, Izzy fugia de algo, no caso específico, de alguém. Serviu, junto com o chá — no qual Izadora deu um gole só, para depois sentir o estômago embrulhar —, uma bela de uma "real", que Izzy apelidou de "Minutos de Porradaria", em referência ao livreto "Minutos de Sabedoria", uma constante na cabeceira de sua querida mãe.

— Você está com um cheiro diferente hoje, menina — disse enquanto misturava o líquido na xícara com uma colherzinha —, e esse está impregnado em você. Sabe que eu consigo sentir o cheiro até de sentimentos? Igual a um cachorro. Eu só não me ofereço a trabalhar para a polícia porque já passei da idade de ficar de quatro por aí — riu, provavelmente se divertindo com a imagem mental —, mas voltando... Tem coisas de que não dá pra fugir, minha filha. O destino é uma delas... — Deu uma pequena pausa para um gole no chá, para em seguida concluir: — e o amor é outra.

Izzy retornou para o apartamento 201 decidida a provar que dona Vilma estava enganada.

Pegou as cópias do processo para repassar o caso, mas não tardou a largá-las ao tocar os lábios e lembrar-se dos beijos aos pés do sofá. Resolveu se distrair com literatura. Ela, que no passado era avessa à violência, passou a amar *thrillers*, especialmente os que envolviam *serial killers*. Eram como se fossem verdadeiros livros de receitas culinárias, lia fantasiando o prato que faria com cada assassino.

Abriu o livro que estava na sua mesinha de cabeceira, recostou-se na cama, e assim que retomou a leitura saborosa, entreteve-se com a sua nova receita: *esse Executor daria um bom ceviche*. Imaginou ele servido gelado em uma taça para *martíni*. Deliciou-se com essa imagem por algum tempo, até que o sexo barulhento dos vizinhos a chamou de novo à razão.

— Porra, quando não estão brigando, estão transando — reclamou dando três batidas na parede do quarto e deixando a leitura de lado. Aquilo acabara com qualquer tentativa de distração. Só conseguia pensar na língua dele passeando pela sua boca, e na barba rente fazendo cócegas em seu pescoço. Precisou de um banho frio para conseguir dormir.

Já no segundo dia, deixou a mente fluir. Viu que tentar se distrair de nada adiantaria. Resolveu assumir o lado prático e eficiente e passou a tentar catalogar prós e contras quanto a se relacionar com Arthur, como se estivesse fazendo um trabalho científico. Catalogou mais contras, mas isso não afastou a vontade de ligar para ele e, sem pensar, discou o número.

— Boa tarde, gabinete... — disse uma voz feminina que Izzy supôs ser da secretária.

— Boa tarde, o doutor Arthur, por favor.

— Quem gostaria?

— Hum... é... — chegou a pensar em desligar — pode dizer a ele que é a Izadora.

— Só um minuto, por favor...

A espera não foi longa, porém o suficiente para que ela pensasse que ele não atenderia o telefone. Quando estava decidida a desligar, uma voz masculina, forte e aveludada atendeu.

— Alô...

— Oi, tudo bem? — Izzy pisava em ovos.

— Tudo...

— Arthur, eu queria te chamar para tomar um café, como amigos, uma espécie de pedido de desculpas.

— Um café como amigos? — soou desapontado. — Na sua casa?

— Na verdade, não. Ouvi na semana passada que o meu café é muito ruim, não sirvo para casar... — ela riu sem jeito. — Vou poupar você dessa desgraça.

— Me poupar de qual desgraça, do casamento ou do café? — ela ouviu uma leve risada. — Bem, eu estou precisando de um intervalo mesmo, que tal daqui a uma hora na cafeteria aqui da esquina?

— Está ótimo. Até.

No horário marcado, Izadora o avistou do outro lado da calçada. Quis agarrá-lo e marcar território ao ver que duas moças cochichavam e sorriam, à medida que ele se aproximava delas, para logo depois se cruzarem.

Merda, ele bem que podia ser um babaca, assim eu desencanava... Esse pensamento se desfez assim que Arthur sorriu.

— Vamos? — abriu a porta da pequena loja, encostando no

portal para que Izzy entrasse primeiro. — Quer dizer que o seu café é ruim?

Ela agradeceu a gentileza com um leve balançar da cabeça.

— É, foi o que a minha vizinha me disse.

— Então, posso estipular o seu café como uma pena alternativa? Em vez de condenar o meliante à prisão, posso condená-lo a tomar o seu café, ou isso seria pena de tortura? — Ele soltou uma gargalhada contagiante e Izzy gargalhou junto, enquanto esperavam a vez de serem atendidos.

— Nossa, eu nem me lembrava mais de como era gostosa essa sensação — ela massageou a barriga. — Estou com dor de tanto rir.

— Então vou lhe contar todo o meu catálogo de piadas sem graça...

Com as risadas, chamaram a atenção da balconista e dos outros três clientes que aguardavam suas bebidas. Já servidos, prosseguiram com uma conversa leve e divertida, sem que nenhum dos dois falasse sobre o ocorrido duas noites antes.

Com o reinício da audiência, o recinto, mais uma vez, estava lotado.

Izadora viu quando Arthur passou pela porta interna — que dava acesso ao seu gabinete — e tomou o seu lugar no ponto mais alto da Tribuna. Sua expressão era de preocupação e aparentava carregar o peso do mundo nos ombros. Antes de assumir o microfone e abrir a sessão, ele passou os olhos pela plateia e cruzou com os dela por questão de segundos, até que ele desviou o olhar.

Aberta a sessão, o julgamento foi retomado no ponto em que havia sido suspenso, e a testemunha seria ouvida por videoconferência direto do hospital.

Arthur pegou um controle remoto e apertou um botão. Imediatamente uma tela de projeção saiu de uma moldura metálica presa ao teto. Andressa estava deitada na cama de hospital, acompanhada da mesma enfermeira que a apoiou no primeiro depoimento para a polícia. As manchas roxas já tinham desaparecido, no entanto, o rosto estava mais magro, e a pele tinha assumido aquele tom acinzentado de quem passa tempo demais no hospital. Sua saúde ainda inspirava cuidados.

Andressa notou e sentiu-se aliviada e grata pelas palavras cuidadosas do doutor Alberto e de Arthur enquanto faziam as perguntas a ela — como se os dois lamentassem ter que fazê-la relatar os pormenores do que havia passado, o que ela fez com visível angústia.

Então o doutor Canavarro começou, e Izzy prendeu a respiração.

— Senhorita Andressa Vilella, como está se sentindo? — perguntou o advogado, levantando-se e fingindo preocupação.

— Um pouco melhor, obrigada.

— A senhorita fez um retrato falado do suposto estuprador, certo? A senhorita pode afirmar com toda a certeza que o homem que alegadamente a estuprou foi o meu cliente? — doutor Canavarro apontou para o rapaz sentado no lugar reservado à defesa.

— Acho que sim.

— Achar não é certeza, senhorita. — E se virando para Arthur, argumentou: — Excelência, a prova mais importante do processo é o reconhecimento incontestável da vítima. Se ela não tem certeza, não se pode condenar um jovem inocente com base em achismos. *In dubio pro reu*, meritíssimo!

Arthur se ajeitou na cadeira e entrelaçou os dedos.

— Por favor, Srta. Andressa, peço que responda se o réu é a pessoa que lhe atacou.

— Eu... eu não tenho certeza... estava escuro. Foi tudo tão rápido — Andressa se mexia na cama como se não estivesse à vontade.

— Obrigado pela sinceridade — disse o advogado sem conseguir disfarçar o sorriso no seu rosto. — Não é verdade que a senhorita já saiu com homens que conheceu enquanto se exercitava? Quando eu digo "conheceu", falo no sentido bíblico.

— Sim — respondeu visivelmente contrariada.

— Com quantos?

A vítima enrubesceu, abaixou a cabeça e começou a torcer as próprias mãos.

— Três — respondeu entredentes.

— Gostaria de consignar, Excelência, que somente não arrolei esses três rapazes para depor por preocupação em não piorar a saúde da senhorita Andressa, porém, juntei fotos deles aos autos, às folhas 456, onde é possível ver semelhanças com o meu cliente.

O juiz abriu o processo na folha indicada.

Os olhos dela ficaram vermelhos.

— Então, retomando ao ponto, não me leve a mal, senhorita, mas preciso perguntar, pois do contrário estaria negligenciando o meu trabalho — alegou. — A senhorita usava do exercício para arranjar parceiros? Perdoe-me, mas com esse histórico não há como acreditar na alegação de estupro.

A vítima começou a chorar.

Arthur inclinou o corpo para a frente e, com a expressão fechada, olhou para o advogado do alto da tribuna.

— Doutor Canavarro, advirto-o para que tenha mais cautela na inquirição da vítima, considerando o seu estado de saúde.

— Excelência, eu tenho a maior consideração pela saúde da senhorita Andressa, porém é a liberdade do meu cliente que se encontra em jogo! A vítima tem por hábito se relacionar com homens desconhecidos que pega durante a corrida noturna. Alega que foi estuprada, mas não há uma simples prova disso. Ninguém a ouviu gritar. Não pediu por socorro e não tinha marcas nos pés e mãos, como as outras mulheres agredidas e mortas por um louco que continua à solta, enquanto perdemos tempo e dinheiro do contribuinte julgando um homem inocente.

— Inocente? Ele me rasgou toda, me dilacerou! — ela gritou e logo em seguida caiu em soluços.

— Senhorita, me perdoe a falta de privacidade quanto ao tema, mas estamos em um julgamento. Eu tenho um laudo elaborado por um ginecologista de renome que informa que mesmo no sexo casual, dependendo da intensidade e anatomia dos parceiros, é possível ter as mesmas lesões vaginais que você teve. Além do mais, a senhorita sequer pôde afirmar que o réu aqui presente é o mesmo indivíduo que lhe proporcionou uma noite de sexo sem compromisso. A senhorita não precisa inventar nada por vergonha. Tem gente que gosta das coisas mais selvagens... Não tenho preconceitos — deu um sorriso lodoso —, de qualquer forma, encerro aqui a sua inquirição, pois está claro que não há indícios suficientes de autoria, ou seja, de que foi o meu cliente que a atacou.

Izzy tinha os dedos doloridos de tanto agarrar-se ao seu assento. Com a mandíbula retesada, desviou o olhar de Canavarro para não voar no pescoço daquele canalha e lhe arrancar a jugular a dentadas.

A próxima testemunha a ser chamada para depor foi a policial disfarçada que efetuou a prisão. A moça morena, que lembrava muito as vítimas, entrou no plenário. Ao atravessá-lo, pipocaram comentários a respeito da sua aparência e de como era atraente uma mulher com autoridade. *Qual é a dos homens com mulheres armadas?* Izadora sabia que se não causasse verdadeiro terror nos escroques que matava, perigava terem uma ereção com a visão dela em um macacão de couro preto e portando Janete, sua *katana*.

Doutor Alberto, o promotor, focou na sua inquirição os pontos que demonstravam a atuação correta da polícia. Sem muito mais a acrescentar, a palavra foi passada à defesa.

— Boa tarde, policial. Há quanto tempo a senhora está na Polícia Civil?

— Há um ano e meio.

— Podemos considerá-la novata, então?

— Acredito que com todo o treinamento que recebi na academia e a vivência no cargo, posso me considerar uma policial experiente.

— Ah, sim, acredito que sim — o advogado deu um risinho debochado. — Responda-me, então, se pode ser considerada experiente uma policial que invalida um suposto flagrante?

— Como assim? — a inspetora arregalou os olhos.

Voltando-se para o magistrado, justificou a armadilha.

— Excelência, é somente a título de argumentação para que possamos, todos nós aqui presentes, conhecer em que mãos estamos no que tange à proteção da sociedade.

Arthur meneou a cabeça.

— Não entendi a pergunta. O senhor pode repetir? — pediu a policial.

— Claro! É muito simples. É comum uma policial em serviço provocar o suposto acusado para que ele cometa o crime?

— Eu não provoquei ninguém — respondeu de forma ríspida, tensionando o maxilar e fechando a cara.

— Não foi bem isso que aconteceu. Não é verdade que a senhora, na noite anterior à da prisão, cruzou com o meu cliente enquanto ambos corriam, disse a ele um "oi" e sorriu, um daqueles sorrisos convidativos, daqueles que damos quando queremos atrair alguém? É *dar mole* que se fala?

O promotor e Izzy se entreolharam. Já contavam com essa abordagem.

Diante do seu silêncio, doutor Canavarro solicitou que o juiz ordenasse que ela respondesse à pergunta.

— Não me lembro… não me lembro, Excelência. Pode ser que sim… Não sei! — respondeu olhando para Arthur como se contasse com o seu apoio, enquanto ele encarava a cena impassível, com a mão direita no rosto e polegar sustentando o queixo.

— Pois afirmo que a senhora fez isso! Supondo que o réu fosse, de fato, o estuprador, o que ele não é, que fique registrado, a senhora serviu de isca para atrair o meliante, provocá-lo, instigá-lo a cometer o delito, para logo após prendê-lo no ato. Nunca aprendeu que este tipo de flagrante é ilegal? Que não tem validade? Ora, como podemos nos sentir protegidos com esse tipo de atuação policial? Tão amadora…

A policial tinha a boca contraída e uma ruga na testa. Os olhos brilhavam como se estivessem pegando fogo.

— Para coroar a sua atuação desastrosa, prendeu o meu cliente apenas porque ele tropeçou na senhora. — E, dirigindo-se a Arthur, continuou: — Além de não restar comprovada a autoria do meu cliente, quero registrar uma reclamação formal em relação aos policiais que realizaram o suposto flagrante. Flagrante de quê? De um tombo? Do porte de um canivete em uma cidade perigosa como a nossa, unicamente para legítima defesa? Ora, pelo amor de Deus, o réu nada mais fez do que tropeçar na policial que depõe. Ao ser revistado, portava um canivete, uma arma branca. Isto é atípico! Não é crime! Não existe lei regulamentando o porte de arma branca, e se não há lei, não há crime em portá-la. Não tenho mais perguntas para esta testemunha, Excelência. Pode dispensá-la — virou as costas para a testemunha e abanou a mão.

Izzy já sabia que a policial seria massacrada quando se sentasse no banco de testemunhas. A vontade de pegar o maníaco fora tanta que a inspetora acabou metendo os pés pelas mãos dando azo à alegação de prisão ilegal diante do flagrante preparado. Ela a compreendia perfeitamente, mas a moça de fato havia vacilado. Mais que isso, talvez tivesse colocado tudo a perder.

Encerrada a oitiva das testemunhas, todos pareceram ficar mais rígidos quando Ariel Gurgelim levantou-se da cadeira que ocupava ao lado do doutor Canavarro e sentou-se em uma outra, que ficava localizada de frente para Arthur. Os dez passos que precisou dar lembraram um desfile em uma passarela ou a subida em um palco.

O jovem exalava uma confiança desafiadora. Izadora reparou que ele estava mais bonito que da última vez, de calça jeans e blusa branca básica. Ela torcia para que o doutor Alberto conseguisse demonstrar o monstro existente por baixo daquela beleza toda. Fato é que o belo é peculiar, ele deixa as pessoas mais abertas, faz com que simpatizemos e gostemos do outro logo de cara. Seria esse o atrativo de Arthur? Afastou esse pensamento e seguiu prestando atenção ao evento que se desenrolava. De qualquer forma, caso o processo seguisse para a fase dos jurados, esse seria um ponto que precisaria ser enfrentado.

Arthur perguntou o nome completo, a profissão, o endereço, se ele tinha o hábito de correr naquele trajeto, se já havia visto a vítima Andressa antes, se conhecia as demais vítimas e por que portava um canivete. Doutor Alberto perguntou se ele poderia explicar onde estivera nos dias e horários em que as demais vítimas foram mortas.

Ariel, demonstrando calma, respondeu a todas as perguntas com a sua voz grave e pausada. Parecia estar ali para um bate-papo. Com certeza havia ensaiado — Izzy lembrou-se que o ex-colega, Edu, comentara que o doutor Canavarro preparava os réus pessoalmente para aquele momento. Se fosse uma prova de colégio, teria conseguido um dez!

— Excelência, eu praticamente não tenho perguntas a fazer ao réu — disse Canavarro pousando o copo de água que acabara de beber, para em seguida levantar-se. — Esse primoroso rapaz, como bem respondeu, não conhece a vítima Andressa, nunca a viu. Também não conhecia nenhuma das demais vítimas, que infelizmente foram mortas por outra pessoa. O canivete, como já explicado — Andava em pequenos círculos com ambas as mãos apoiadas na enorme barriga enquanto falava. —, era unicamente para legítima defesa. Vossa Excelência há de concordar que a cidade ainda é um pouco violenta, então não dá para descartar a possibilidade de assaltos. Juntei ao processo, às folhas 397, uma listagem de passageiros de um jatinho de uso exclusivo da família do réu e, conforme vossa Excelência pôde verificar, assim como o nobre colega promotor, consta que o menino Ariel estava viajando na data em que ocorreu o homicídio da segunda vítima, portanto, nem na cidade ele estava! Todavia, como nunca é demais ressaltar a inocência de um homem injustamente acusado, ou melhor, flagrantemente inserido de forma ilegal em um contexto que não lhe diz respeito, farei poucas perguntas... Ariel, você estuprou e tentou matar a vítima Andressa?

— Não. É claro que não. Nunca a vi antes. Além disso, sou incapaz de matar até mesmo uma barata!

Ah, que santo! Izadora revirou os olhos.

— No dia do flagrante, colocou os pés propositalmente para que a policial caísse?

— Não, de jeito nenhum. Eu só tropecei e sem querer a derrubei. Quando fui ser gentil e a ajudei a se levantar, do nada ela me prendeu sem que eu soubesse o motivo.

— Você é um homem bem-apessoado. Já precisou forçar sexo com alguém?

— Essa suposição é absurda! Sempre tive todas as mulheres que quis sem esforço, e hoje sou noivo e fiel — virou o tronco meio de lado e olhou para trás. Encarava Cinderela, que mais uma vez estava ali demonstrando todo o seu apoio.

— Sem mais perguntas, Excelência — ao passar pelo acusado deu três tapinhas no seu ombro.

Arthur perguntou ao doutor Alberto se ele desejava reinquirir o réu, e, diante da resposta negativa, deu por encerrado o interrogatório.

— Doutor Alberto, a Acusação pode iniciar a sua alegação final.

Uma senhorinha sentada ao lado de Izzy perguntou-lhe o que eram as tais alegações finais, e se haveria "mais falatório difícil", e ela, de forma didática, respondeu que era o momento de cada lado tentar convencer o juiz, com as suas provas, de que têm razão.

O Doutor Alberto usou o seu tempo para sustentar que havia indícios suficientes de que Ariel Gurgelim era o autor dos crimes, pedindo, assim, pela pronúncia do réu.

Dada a vez de fala para o doutor Canavarro, ele não poupou sua veia teatral.

Começou argumentando que as provas de que o seu cliente havia cometido delitos tão horrorosos limitavam-se ao reconhecimento da vítima sobrevivente e ao *modus operandi* do delito, único fator que ligava um crime ao outro.

— Essa suposta ligação entre as mortes e o fato ocorrido com a vítima Andressa é balela! — contestou. — A vítima Andressa não possuía marcas nos pulsos e pés como as outras. Além disso, não existe prova alguma de que ela tenha sido estuprada e que seja sobrevivente de uma tentativa de homicídio. Ora, por mais que todos aqui — olhou para o juiz e depois para a plateia — tenham pena da vítima Andressa, assim como eu — acrescentou —, não podemos ignorar que, considerando a sua conduta anterior, ela possivelmente fez sexo consensual com um estranho, talvez um pouco mais apimentado e, envergonhada, contou essa versão fantasiosa, na qual acusa o meu cliente. Todos ouviram aqui ela confessar que usava a corrida para conhecer homens.

Deu uma parada para molhar a garganta.

— A tentativa de homicídio é uma falácia, nada disso aconteceu, e como eu sei que a moça não foi alvo de um maníaco estuprador? Elementar, meus caros! Ela estava desacordada. Não havia nada que impedisse ao meliante de dar fim à vida dela, se assim quisesse, como fez com as outras. Então, onde estaria a tentativa? Isso por si só prova que o suposto estuprador da senhorita Andressa não é o mesmo homem que cometeu os demais crimes. E, para encerrar essa questão, relembro a todos que ela, ao ser questionada se reconhecia o meu cliente, teve dúvidas, respondeu que não tinha certeza. Ora, Excelência, isso é hipótese para a absolvição, e Vossa Excelência não pode se furtar a isso, pois não há sequer indícios mínimos da autoria do meu cliente.

Arthur franziu o cenho, indicando não ter gostado do comentário. Possivelmente não precisava ser lembrado de que estava preso à letra da lei.

— O nobre advogado terminou?

— Se Vossa Excelência permitir que eu prossiga somente em mais um ponto… não tenho intenção de cansar os presentes, e ainda pretendo chegar em casa a tempo de assistir à novela das nove com a minha adorável esposa — disse arrancando risadinhas baixas de algumas pessoas na plateia.

— Vou lhe conceder mais cinco minutos.

— Mais do que suficiente, obrigado, Excelência. Agora, vamos ao outro ponto: o flagrante — deu alguns passos até a metade do palco, mantendo-se na mesma distância entre Arthur e a plateia e, ora virando-se para um, ora para o outro, prosseguiu. — Se, por uma hipótese absurda, estivéssemos na segunda fase, e os jurados fossem os destinatários desta minha defesa, eu explicaria com exemplos a diferença entre os tipos de flagrantes, e como o *flagrante provocado*, e o *forjado*, ilegitimam qualquer prova obtida. No primeiro caso, porque o crime é impossível, já no segundo, porque não existe crime — disse de modo professoral, como se falasse para uma sala de aula repleta de calouros da faculdade de Direito, talvez para tentar passar uma maior credibilidade aos presentes, já que professores dificilmente são contestados —, entretanto, meus argumentos não são dirigidos a leigos, mas à Vossa Excelência, juiz experiente e justo, e que sabe que a policial que prendeu o meu cliente conseguiu uma verdadeira proeza: fez uma salada envolvendo os dois tipos de flagrantes.

Desgraçado, mordeu e assoprou. Izzy estava furiosa com toda aquela encenação.

Canavarro deu alguns passos até a sua mesa e bateu com força no tampo de madeira, obtendo a atenção desejada.

— Não tenho medo de dizer em alto e bom som que a polícia precisa preparar melhor a sua equipe para evitar erros grosseiros. — E encarando a policial que estava sentada duas fileiras à frente de Izzy, prosseguiu com a crítica: — A bela e exuberante inspetora precisa estudar mais, se preparar mais para a profissão que escolheu. Eu a entendo, conheço a ânsia da juventude, a impulsividade e a impaciência… a vontade de se destacar! Apesar desse corpo gasto, eu já fui jovem, já me senti assim. — Piscou para a inspetora. — Ou talvez, quem sabe, deva assistir a menos filmes e seriados americanos, e entender, de uma vez por todas, que estamos no Brasil! Quer participar de emboscadas cinematográficas? Vire atriz, ora!

Encerrou a fala da Defesa atingindo o ápice do cinismo ao garantir que o flagrante ilegal envolvera um inocente, mas que tal fato vergonhoso o alertou para a possibilidade de que erros assim pudessem se repetir, e isso o enchia de preocupação. Bandidos perigosos poderiam ser soltos pela mesma tecnicalidade, e aquilo o deixava noites sem dormir.

— Pronto, Excelência, terminei. Obrigado pela paciência — sentando-se ao lado do réu, deu um tapinha na mão dele. — *Menino Ariel*, fique tranquilo, correr e tropeçar nos outros ainda não é crime de lesa pátria no nosso país.

Izzy percebia a derrota no ar. Ela já tinha experiência suficiente no meio para saber que não sobrava alternativa a Arthur. Por mais que, no íntimo, ele desconfiasse da culpa do réu, não podia ignorar as normas.

O juiz, diante de tudo que transcorrera, deu sua sentença em audiência. Decidiu pela *impronúncia* do acusado, não havia elementos suficientes para atestar que o Sr. Ariel Gurgelim fora quem cometera os estupros seguidos de homicídio, e o processo terminaria ali.

Assim que comunicou sua decisão, Arthur abandonou a sala de audiências. Sequer os cumprimentos de praxe entre o juiz e os advogados foram dados. Izadora também sentia a raiva, era gelada, como pingos que espetam o rosto em uma chuva com vento.

Esse psicopata ganhou mais uma.

CAPÍTULO 14

Ela aguardou a sala esvaziar para sair, não queria chamar atenção. Havia decidido agir e, para evitar o mesmo erro cometido com o Alfa, seguiria Ariel por alguns dias antes de pegá-lo. Quando, finalmente, dirigiu-se para a porta de saída, sentiu um toque no seu braço. Sobressaltada, virou-se e deu de cara com Arthur.

— Desculpe… não tive a intenção de te assustar — ele deu um meio sorriso. — Acho que precisamos conversar sobre o nosso jantar. Não dá para continuar fingindo que nada aconteceu.

— Por mim, podemos esquecer o mal-entendido — era assim que ela precisava encarar a situação.

— Depende do que você considera “mal-entendido” — suspirou. — Eu não quero esquecer, pelo contrário. Vamos sair para conversar? Estou precisando de companhia hoje e queria muito que fosse você. — Ele estendeu a mão como se fosse tocar na mão dela, mas recuou.

— Acho melhor não… pelo menos não agora. Estou enrolada com uma tarefa que precisa da minha atenção exclusiva — soou fria, e de fato era o que ela tentava ser.

— Gosto de você, Izadora — disse com um ar de vencido. — Fui embora naquele dia frustrado e irritado, mas eu quero que "isso" — falou apontando para os dois — dê certo. Pensei muito e estou descumprindo algo extremamente importante que prometi para mim, mas estou disposto a tentar novamente, apesar de tudo.

— Não é o melhor momento. Podemos conversar outra hora? — Izzy fez menção de que pretendia ir embora.

— Espera aí, por favor... — Arthur tocou o braço dela para impedi-la de ir. — Caramba, não entendo por que você foge de mim. A não ser que eu esteja muito enferrujado, e por isso tenha me enganado, mas senti nos beijos que você também me quer.

Ela o encarou e, apesar de ver desalento em seus olhos e de saber que talvez estivesse dando um passo sem volta, não respondeu. Saiu pelo corredor do Fórum a passos rápidos e sem olhar para trás, deixando-o ali sozinho.

Diria o quê? Que ele estava certo? Que ela também o queria? Que desejava uma vida normal? Relacionar-se com alguém, conviver, cumprir todo o enredo e que isso para ela era impossível?

Fez todo o caminho para casa com esses pensamentos na cabeça. Bateu a porta de entrada do prédio torcendo fervorosamente para que a dona Vilma não estivesse em casa e saísse ao corredor para abordá-la, do contrário, ela não aguentaria, vomitaria toda a verdade para a vizinha.

Subiu as escadas correndo e praticamente arrombou a porta do apartamento. Queria se aninhar na sua cama e nunca mais sair de lá. Entrou em disparada, jogando a bolsa por cima da bancada. Eugene veio, como sempre, saudá-la. Pegou o gato no colo e o abraçou.

— Oh, meu amor, eu até conseguiria aguentar tudo isso tendo só você do meu lado. — Os olhos arderam. — Eu não podia ter me envolvido. Dói muito querer algo que não dá para ter.

Foi com o gato até o quarto, atirou-se no colchão e abraçou o travesseiro, deixando as lágrimas rolarem. O bichano permaneceu deitado ao seu lado, como se a vigiasse até cair no sono.

Quando acordou, por volta das onze da noite, sentia-se um

pouco melhor. Chamou o seu acompanhante para jantar, o que Eugene aceitou de pronto. Em seguida, concentrou-se na tarefa que tinha em mente. Não podia perder mais tempo.

Uma das coisas mais interessantes dos tempos atuais era a possibilidade de se saber quase tudo sobre uma pessoa através das redes sociais. Izzy tinha perfis falsos. Acompanhava não só a sua ex-vida, mas, no momento, também a *Cinderela*.

Cinderela era uma dessas celebridades instantâneas que ficam famosas sem criar ou acrescentar nada para o mundo. Era a versão moderna da garota da escola que todos querem copiar. Tinha 300 mil seguidores que testemunhavam compras de sapatos, maquiagem novas, abdômen definido, repetidos pratos de clara de ovo — os quais levaram Izzy a pensar que suas refeições nem eram tão ruins assim —, viagens pelo mundo, entre outras coisas. Em uma das postagens, ela compartilhou uma foto com Ariel ao fundo, ambos na academia BeInShape.

De posse daquela informação, Izzy fez uma busca de endereços no site da academia e localizou uma filial próxima à residência dele.

Pronto, acabara de arrumar um programa para a noite seguinte.

A expectativa do compromisso noturno fez o dia passar mais devagar do que o normal.

Arrependida por ter deixado Arthur daquele jeito, Izzy tomou coragem e ligou para o seu gabinete.

— Doutor Arthur não veio trabalhar hoje, teve um problema familiar para resolver — respondeu a secretária.

Precisou inventar uma história de que o seu chefe, doutor Alberto, havia perdido a agenda para conseguir o número do celular de Arthur.

Tentou várias vezes o número obtido, e a ligação era direcionada para a caixa postal. Mandou mensagem pelo aplicativo perguntando se estava tudo bem e, depois de aguardar pela resposta por mais de uma hora, decidiu que tinha chegado o momento de se arrumar para a tarefa.

Vestiu um macacão de ginástica na cor preta, uma touca feita de meia calça para prender o cabelo platinado e uma peruca estilo Cleópatra. Izzy havia se arrumado para ficar parecida com as vítimas do maníaco. Contava com atraí-lo, por isso saiu ansiosa para caçar.

Ao descer as escadas, cruzou com o vizinho do 202 que, sem perceber a sua presença, gritava e gesticulava ao celular.

— Ô sua cadela desgraçada, te mandei comprar a porra da cerveja...

Maldito de sorte! Toda vez que cruzo contigo, tenho um compromisso inadiável.

Naquela primeira noite, Izzy havia optado por observar Ariel de longe. Queria se certificar do trajeto que ele faria antes de *forçar um encontro.*

Encostou em uma casa de suco na esquina da cobertura e só saiu de lá depois que ele passou. O momento se mostrava perfeito, a dedicada noivinha não o acompanhava.

Não dá para desperdiçar essa oportunidade...

Ela enfiou um boné na cabeça, escondendo suas feições, e seguiu-o por três quarteirões, registrando através do GPS do celular o itinerário feito.

Sabendo o caminho que ele faria quando saísse da academia, ela esperou na esquina. Assim que o viu deixando o treino, percorreu a rua no sentido inverso, indo na direção dele, forçando que se cruzassem.

O seu corpo bem-marcado no macacão chamou a atenção pretendida. Sem qualquer constrangimento, Ariel passeou os olhos pelo decote, a cintura e o quadril. Finalizou a encarada nas coxas.

— Vai correr? — Ele a olhava de um jeito incômodo, carnal, como se fosse comê-la.

— Hã... ah, está falando comigo? Sim, vou dar uma corridinha no parque.

— Quem sabe a gente não se esbarra por aí...

— Quem sabe... — Izzy ansiava para que isso não tardasse. Na verdade, esperava que ele tivesse fisgado a isca.

Izadora iniciou a corrida na pista do parque. O lugar parecia deserto. Enquanto corria, ela ouvia o vento batendo nas folhas das árvores e os seus pensamentos. Tinha dado uma volta completa e nada do maníaco. O receio de que ele não aparecesse e com isso colocasse tudo a perder aumentava a cada minuto.

Olhando ao redor, se perguntava se não tinha chamado a atenção dele o suficiente, ou feito algo que o fizesse desconfiar de uma armadilha, até que o avistou a uns cem metros.

Não conseguia enxergar seus olhos ou suas feições com perfeição, pela distância entre eles, porém, sentia as intenções de Ariel, como um animal sente uma tempestade que ainda não começou.

Os pelos dos braços arrepiaram, o coração acelerou e passou a bater no ritmo das passadas. A ansiedade crescia a cada metro trilhado, feito um elevador em disparada.

Quando distavam cerca de cinquenta metros, Izadora percebeu que ele a interceptaria justamente em um trecho pouco iluminado, graças às árvores dos canteiros. O frio na barriga bateu com força, lembrando-a um soco na boca do estômago.

Ariel seguia em um ritmo forte e logo se cruzariam.

Era o silêncio que antecedia o esporro; a aparente calmaria do mar antes de um tsunami. Izzy se sentia como um vulcão prestes a entrar em erupção, tamanha era a expectativa e tensão.

A poucos segundos de se cruzarem, encararam-se, e ela viu um sorriso maligno se desenhar na boca do rapaz. O que veio depois foi extremamente rápido e, ao mesmo tempo, estranhamente lento, como se a cena se desenrolasse em uma sucessão de frames: viu-o abrir a passada propositadamente para, logo em seguida, embaralharem os pés e ambos irem ao chão.

Ela caiu de barriga, como se tivesse mergulhado em uma piscina.

Só não se machucou porque sabia que o tombo viria. Quando ergueu o tronco e se apoiou nos joelhos, ficando de quatro, sentiu algo duro a pressionando abaixo das costelas, próximo ao rim.

— Vamos comigo, gata. Levante com calma e sem gritar, vai ficar tudo bem. Você vai gostar...

Não fazia parte do plano ser perfurada, então Izzy permitiu ser levantada e abraçada e caminhou com ele até um carro estacionado em uma rua erma próximo dali.

Ariel, com a mão livre, pegou o controle e destravou o carro.

— Entra e deita no banco de trás — o canivete encostado na altura do rim esquerdo não dava a ela muita opção.

Izadora entrou no automóvel e se deitou no banco traseiro do veículo. Ele entrou logo em seguida, travou janelas e portas e foi para cima dela.

— Você é muito gostosinha... — Agarrou a alça do macacão e tentou puxá-la para baixo. — Não precisa se fazer de difícil, sei que também quer... — O maldito se achava um presente dos Deuses. Narcisista da porra!

Izadora não facilitou. Tentou empurrá-lo e fazê-lo soltar a mão que agarrava a alça da roupa dela, até o momento em que Ariel encostou a ponta do canivete em seu pescoço e a mandou abaixar o macacão. O pânico de ser realmente estuprada a invadiu sem pedir licença.

— Nossa, você é muito linda! Peitinhos naturais me dão um puta tesão.

Ariel se deitou por cima dela. Enquanto cheirava o seu pescoço e arranhava a pele com os dentes, mantinha seus braços presos com uma das mãos, e com a outra tentava acabar de despi-la. Não segurava mais a arma. Seu instinto de sobrevivência gritava em seus ouvidos, mandando-a agir naquele momento. Izzy abocanhou o lóbulo da orelha esquerda dele, arrancando um bom pedaço. Em vez de cuspir, saboreou e engoliu com estalos de prazer. Aquela isca de carne serviu como aperitivo.

O sangue fluiu, escorrendo pelo pescoço largo. Agindo por

reflexo, Ariel arqueou o tronco para trás e levou ambas as mãos à orelha decepada. Urrava de dor.

Percebendo que ele estava atordoado, Izzy ergueu o corpo no impulso e bateu forte com seu cotovelo na têmpora dele. O maníaco apagou.

Quando Ariel acordou, estava nu, amarrado como o homem vitruviano, deitado de barriga para baixo em contato com a mesa fria de aço inox.

Quase ter sido mais uma de suas vítimas fazia com que matá-lo parecesse mais fácil do que com os outros. Izzy sabia que tinha um predador perigoso em mãos e que, se ele saísse vivo dali, estupraria e mataria novamente. Sabia também que, com o dinheiro que ele tinha, o *sistema* sempre o acobertaria. Livrar o mundo daquele tipo de monstro seria um verdadeiro favor.

— Acordou, bebê? — ela desencostou da pia e circundou a mesa em passos lentos. Quando chegou na altura da base da coluna e início das nádegas, passou a ponta das unhas pela polpa da bunda e fez que enfiaria o dedo no ânus. Ele tentou se contorcer. — Fica tranquilo… — Diferente do Alfa, Ariel aparentava força e perigo, isso afastava qualquer sentimento de pena. — Apesar de você estar em uma posição bem propícia, não vou enfiar nada em você. Deveria, né, para que você sentisse um pouco o que fez, mas pode relaxar, não curto estupro, ao contrário de você. A história aqui é outra.

Izadora aproximou-se da ponta da mesa. Ariel arregalou os olhos ao ver a peça brilhante que ela portava.

— Ah, está com medo da Janete? — sorriu debochadamente. — Ela é magnânima, né? O melhor é que ela janta o seu "canivetinho". — Encostou na parede e cruzou novamente os braços.

Observava a reação dele, o desconforto em seus olhos, a respiração ofegante. Não era medo ainda, mas chegariam lá.

— Conta para mim… esse é o momento para você confessar os

seus pecados. É por isso que você estupra? Eu sabia que você devia ter algum defeito, só não imaginei que fosse esse — Izzy pisava no ponto mais vulnerável do homem.

O rapaz se sacudia tanto que ela foi conferir as amarras.

— Que coisa, hein? Duro não deve chegar nem a nove centímetros. Essa miniatura de pau não dilacera ninguém. Você deve ter usado algum objeto nas meninas, por isso a falta de sêmen. — Até que estava sendo saboroso pisar no ego do narcisista.

Ela circulou novamente a mesa e se posicionou em um ponto em que Ariel não podia vê-la. Aproveitou as pernas abertas e passou delicadamente a ponta do canivete dele nas ranhuras do saco. O maníaco estremeceu e começou a berrar gritos abafados.

— Assim está melhor. — Ela deu a volta e o encarou. — Sentir um pouquinho do que as suas vítimas sentiram vai te ajudar a se tornar mais empático. Quem sabe você não vem um ser humano melhor na próxima? — disse, afrouxando a *ball gag*.

— Sua puta! — O cuspe sujou o macacão na altura da barriga. — Quando eu sair daqui, vou te rasgar toda... Vou arrancar o bico do teu peito a dentada, vadia desgraçada!

— Me xinga! Facilita o meu trabalho... Você só me lembrou da atrocidade do caralho que você fez com a Beatriz. — Izadora agarrou o celular e quase esfregou na cara dele a foto em que a moça aparecia sorrindo ao lado de uma criança sem cabelos, em um leito de hospital. — Sabia que ela era enfermeira, que tratava de crianças com câncer? Sabia que a Silvana, aquela cujos lábios vaginais você rasgou, tinha acabado de se casar? E a Andressa, ela perdeu o útero! Sabe o que isso significa para uma mulher? — a voz saiu embargada.

— Fiz um favor à moça... — ele encarou Izadora e ela pôde ver a maldade e arrogância em seu olhar. — Quem vai querer trazer uma criança a esse mundo bosta?

— Cala a boca! — ela sentiu os dedos, que envolviam o punho da Janete, dormentes. — Você é uma porra de um monstro! — Izzy limpou os olhos e fez menção de que iria recolocar a mordaça. — E dos mais perigosos, porque não parece um...

— Não! Espera aí... desculpa! Diz logo o quanto você quer! Meu pai pode te fazer rica! Eu não valho nada morto para você! Vamos fazer um acordo, gata. Vai, diz aí... todo mundo tem um preço.

— Quanto você vale para mim? Hum... vamos ver... — Colocou o polegar embaixo do queixo e o indicador por cima do lábio superior, fazendo mímica como se estivesse pensando por dez segundos. — Sabe, eu cheguei à conclusão de que, pra mim, apagar estupradores não tem preço. — E apertou a mordaça novamente.

Ignorando os gritos sufocados, Izzy escolheu na sua *playlist* "Zombie", do The Cranberries, jogou a música para a caixinha de som e mergulhou nos acordes, como se buscasse a cama quente, enquanto Ariel se sacudia com tanta força que quase conseguiu virar a mesa com o seu peso.

— Vamos acabar logo com isso antes que você tombe a minha mesa — encostou o cano frio da arma em sua nuca e atirou.

Mais um caso resolvido.

Limpá-lo deu um trabalhão. Carne dura... muito musculoso. Precisaria utilizar um amaciante para carne antes de comê-lo.

No dia seguinte, o carro de Ariel Gurgelim foi achado abandonado, com algumas manchas de sangue, cujo exame de DNA atestou ser dele mesmo. Seu desaparecimento foi noticiado por semanas e permaneceu sem solução.

Passados oito dias do encerramento do caso, Izzy retornou ao Fórum. Tinha ido até o promotor solicitar o desligamento de seu estágio. Enquanto se despedia de seu ex-chefe no corredor, cruzou com Arthur.

— Izadora está se despedindo. — Alberto explicou para Arthur com um certo ar de tristeza. — É uma grande pena perder uma estagiária tão compromissada e apaixonada pelo Direito, mas eu reitero que as portas da promotoria estarão sempre abertas, caso você mude de ideia. — Deu um abraço nela, deixando-os a sós.

— Sério? — Arthur não conseguiu disfarçar a decepção na voz. — Mas por quê? Aconteceu alguma coisa ou foi algo que eu fiz? Eu me lembro de você ter dito que adorava estar aqui…

— E realmente adoro. Eu até queria conversar com você, cheguei a te ligar e tudo, mas agora deixa eu me ambientar primeiro.

— Eu estava viajando. Precisei resolver um problema familiar e preferi não te ligar de lá, mas isso não significava que eu tivesse desistido de tentar… Você vai para onde?

— Vou ficar aqui mesmo — ela respondeu.

Arthur fez cara de quem não estava entendendo nada.

— Só mudei de lado. Vou estagiar com o doutor Canavarro — explicou. — Começo hoje.

PARTE 3

KOBE BIFE

FOME

CAPÍTULO 15

Izzy precisou fazer um esforço sobre-humano para integrar a equipe do doutor Canavarro.

O luxuoso escritório ocupava por inteiro a cobertura de um dos prédios mais caros do centro da cidade. Assim que ela saiu do elevador, surpreendeu-se com a arquitetura imponente. Quase perdeu o fôlego.

Desembarcou em um átrio com piso de mármore branco e um enorme balcão em madeira escura com duas recepcionistas. Atrás delas, na parede branco-gelo texturizada com efeito 3D, havia uma placa da mesma madeira negra utilizada no balcão, com um letreiro de metal banhado a ouro, na qual lia-se "Canavarro e Filho Associados". Dois sofás escuros de couro *Chesterfield* ao lado de mesinhas laterais com tampo de cristal e pé em metal dourado compunham a suntuosa recepção.

Ali, ela pôde entender por que os ricos e poderosos têm o telefone do doutor Canavarro em suas agendas pessoais. Se a namorada do filho de um empresário morreu de overdose após uma noitada regada a drogas, se um político casado espancou a amante, se um famoso jogador de futebol forçou sexo com uma "Maria Chuteira" menor de idade, ou se um grande traficante da cidade foi preso, bastava ligar para o doutor Canavarro. O mesmo valia para o caso de um psicopata ser descoberto.

O doutor não se limitava a resolver as questões nos tribunais. Ela já sabia disso desde que Edu contara sobre as artimanhas que aprendeu com ele. Em grande parte das vezes, o malfeito não chegava sequer a ser julgado, era resolvido por meios transversos antes desse ponto. Só os casos mais abjetos ultrapassavam o filtro do doutor Canavarro.

Estagiar naquele escritório era a total imersão em um lado no qual Izzy não desejava se aprofundar. Já flertava com a monstruosidade e com as sombras e, a cada dia, a cada sensação de vazio no estômago, fazia uma opção: manter-se, dentro do possível e da sua realidade, na *luz*. Tinha medo de ser tragada pelo mal e sucumbir, de se entregar ao que de fato ela era. Seria um caminho muito mais fácil — sem culpa, sem dilemas. Porém, Izadora havia se convencido da necessidade de dar um fim àquele grande filho da puta e não desistiria agora. Faria o que fosse preciso, até mesmo perder sua alma de vez.

Apresentou-se na recepção e foi recebida por um advogado almofadinha, daqueles que frequentam clubes de charutos sem sequer saber fumar um. Doutor Gustavo Guedes dos Santos tinha cara de quem tragava o fumo e tossia depois. O cabelo repartido ao meio com aparência molhada por uma considerável quantidade de gel e o jeito *blasé* de falar arrematavam a imagem do *trainee*.

— Qual é o seu nome mesmo? — perguntou enquanto conferia uma lista entregue pela secretária.

— Izadora.

— Ah, sim! Izadora, me acompanhe. Tenho um pouco mais de cinco minutos para mostrar o escritório todo e correr para o Fórum. — Gustavo saiu andando na frente como se tivesse certeza de que Izzy o seguiria como um cachorrinho. — Aqui temos a sala de reunião, onde discutimos os casos. — Ele abriu a porta e ela pôde divisar uma sala com uma mesa oval em cristal, circundada por doze poltronas em couro preto e uma vista deslumbrante da baía que brilhava com o reflexo do sol. Fechou a porta na mesma rapidez com que a abriu e seguiu adiante. — Ali, no final do corredor, fica a sala mais importante deste escritório, a do doutor Canavarro. Nunca entre nela sem que seja chamada, especialmente se a porta estiver fechada. O doutor odeia ser interrompido.

Passaram por algumas portas, até que finalmente o engomadinho abriu uma delas.

— Aqui é a sala dos estagiários. É aqui que você fica até ser requisitada.

A sala não tinha um mobiliário modesto, porque tudo naquele escritório demonstrava bem a personalidade do dono. Porém, de todas as que tinha visto, era a mais simples. Quatro mesas do tipo escrivaninha — nas quais se via, sobre cada uma, um computador —, duas estantes recheadas de livros e códigos para consulta, um pequeno móvel com uma impressora ligada em rede e uma pequena máquina de xerox conferiam à sala uma aparência apertada.

— Mas a sala está vazia. Há outros estagiários?

— Claro. Um escritório desse tamanho precisa de muita gente para assessorar. Eles estão na copa. Vou apresentá-la, venha!

O guia acompanhou Izadora até a copa do escritório, local onde as secretárias, recepcionistas, estagiários e os *trainees* almoçavam. Os advogados mais importantes almoçavam fora, em geral com clientes. Já Canavarro, quando não estava degustando iguarias refinadas na companhia dos poderosos que defendia, pedia sempre entrega de um restaurante português tradicional do centro e almoçava em sua sala. Deixar de comer na copa era a verdadeira prova de ascensão naquele nicho.

Entraram no salão e encontraram três mesas redondas — duas delas ocupadas —, um balcão com pia, uma geladeira, um micro-ondas e uma cafeteira.

— Miguel, Maria Paula e Guilherme, esta é a nova estagiária, a Izadora.

Por azar, Izzy chegara exatamente no horário do almoço e não tardaria em sentir a barriga roncar.

— Izadora, o almoço é sempre feito aqui — Gustavo explicou de forma apressada. — Nós pedimos quentinha e descontamos do pagamento. O pedido contabiliza todos os estagiários, portanto tem uma a mais para você. Bom, preciso retornar ao trabalho... — olhando o relógio dourado que tinha o visor do tamanho de uma bola de ping-pong, concluiu que estava atrasado, deixando-os sozinhos.

— E aí, não vai almoçar conosco? — perguntou Maria Paula, uma jovem morena, de cabelos pretos e feições de poucos amigos. Parecia encarar Izzy com um olhar que combinava curiosidade e avaliação.

— Ah, acho que não... eu estou de dieta.

— Dieta com esse corpo? — A moça a encarou com uma evidente desconfiança. — Conta outra! Talvez você se ache boa demais para comer isca de fígado acebolada.

— Maria Paula, deixa a menina! — defendeu Guilherme, um rapaz negro e gordinho com cara de quem adorava se divertir com os outros. — Nem todo mundo come como um pedreiro igual a você — implicou. — Você é magra de ruim! — E, virando-se para Izzy, convidou: — Senta aqui com a gente.

— Não enche, Guilherme... — Maria Paula mostrou o dedo do meio para ele.

O rapaz deu uma risada alta e mandou um beijo para a amiga, que o recebeu com uma careta.

— Você sabe que eu te amo, né? Você é a minha *BFF*...

— Pega a sua quentinha e senta aqui com a gente — sugeriu Miguel, um menino aloirado com o nariz adunco, mas de fisionomia simpática.

Izadora foi até a bancada e pegou dentro de uma caixa de papelão a embalagem em papel laminado, sentando-se na cadeira vaga ao lado de Miguel. Relutava em abrir a tampa da quentinha. Passava os dedos vagarosamente pela borda avaliando a situação. Tinha medo de que o cheiro da comida por si só a enjoasse.

— Como é, vai comer com a gente ou não? — insistiu Maria Paula. — A filhinha de papai come só filé mignon?

Aquela implicância gratuita tornava o seu primeiro dia ali mais difícil e aumentava a saudade do antigo trabalho.

— Caramba, Maria, para de pegar no pé dela... — Miguel estava claramente incomodado e, virando-se para Izadora, falou: — Eu já terminei, mas se quiser, eu espero você.

Izzy sabia que, ao começar o estágio no escritório do Canavarro, lidaria com questões profundas e com monstros reais, mas nunca havia lhe passado pela cabeça que seria vigiada daquela forma, colocada contra a parede no seu primeiro dia pelo que comia ou deixava de comer.

— Aí, Miguel, já vai dar em cima da garota? Pega leve, hein? Você sabe que as mais gatas não ficam muito tempo na sala dos estagiários. — Guilherme piscou.

— Isso quer dizer que eu sou feia? — A estagiária se reclinou na cadeira e cruzou os braços.

— Claro que não, Maria — respondeu, dando um gole no refrigerante. — Você só precisa engrossar essas coxas de rã, amiga, ou melhorar nas peças processuais... — gargalhou alto com a brincadeira que fez.

— Como assim? — Izzy se fez de desentendida.

Guilherme explicou as formas de promoção no escritório. Eram duas: por competência, ou seja, aquele que trabalhasse melhor — não importando a que preço ou de que forma —, ou caindo nas graças dos associados, ou sócios majoritários, e aqui os motivos poderiam ser inclusive de cunho pessoal.

Maria Paula levantou-se da cadeira e apoiou ambas as mãos na mesa. Passou os olhos de Guilherme para Miguel.

— Estão se divertindo com a situação, né? — a irritação vibrava na voz. — Se acham que eu vou perder a minha promoção de novo, estão muito enganados! Ninguém vai me atrapalhar dessa vez...

— Ei, isso foi uma indireta para mim? — as bochechas de Izzy ficaram quentes.

Miguel e Guilherme se entreolharam como se já tivessem vivenciado a mesma cena. Houve, então, um aceno de cabeça para que

Guilherme saísse rebocando Maria Paula do refeitório enquanto Miguel colocava panos quentes alegando TPM.

Izadora compreendeu a mensagem explícita. Não tinha agradado a menina e era vista como uma rival. Para piorar, teria que tomar cuidado redobrado quando se alimentasse ali, e se esforçar para se ambientar e conseguir mais informações.

Naquele dia, voltou para casa desanimada e um tanto arrependida pelo caminho que havia escolhido percorrer.

Nos dois dias que se seguiram, Izzy passou o tempo tirando xerox e acompanhando andamentos processuais, mas não deixou de observar o horário que o doutor Canavarro e seu filho chegavam ao escritório.

Precisava agir para ser notada. Havia deixado o trabalho de que gostava e se enfiado em um lugar no qual tudo a incomodava, e não seria para passar o estágio usando a máquina de xerox. Acreditava que, se conseguisse ficar no mesmo ambiente que o doutor Canavarro, conseguiria o seu intento. Assim, sabendo o horário em que Canavarro pai e filho chegavam, aguardou-os para subir no elevador.

Na primeira vez em que fingiu coincidência, ela disse "bom-dia" em alto e bom som. O filho respondeu a contragosto, mas o pai nem levantou os olhos do jornal. Precisaria de uma abordagem que chamasse atenção.

No dia seguinte, a cena se repetiu. Canavarro pai lia as manchetes, aparentemente entretido, sem se importar com quem entrava ou saía do elevador.

— Rãm, rãm — coçou a garganta. — Os senhores viram a notícia do adolescente, filho daquele famoso cirurgião plástico que foi acusado de traficar na escola… aquela tradicional… — ela silenciou por segundos, esperando o efeito desejado — qual é mesmo o nome? Ah, esqueci… — abanou a mão — bom, o que interessa é que ele é culpado.

Canavarro pai suspendeu os olhos do jornal e a encarou.

— Eu conheço você... — balançou o dedo indicador enquanto dava uma bela encarada do pescoço para baixo. Izzy, de propósito, usava um vestido que marcava bem a cintura e exaltava a exuberância do quadril.

— Sou estagiária em seu escritório, doutor.

— Ah é? Mas eu já te vi em outro lugar — insistiu franzindo o rosto, talvez na tentativa de se recordar.

— Nós já nos cruzamos no Fórum. Eu era estagiária da promotoria.

— Eu sabia! Hum... agora me lembrei de você — disse, dando mais uma mirada no seu corpo violão. Claramente, não fazia nem questão de disfarçar que avaliava as jovens que trabalhavam com ele por esse ponto de vista. — E por que a estagiária da promotoria resolveu trabalhar comigo?

— Porque o senhor é brilhante — Izzy precisou fazer um esforço monumental para soltar aquele elogio — e também porque eu queria conhecer o outro lado, o lado da defesa. Para isso, só serviria o melhor!

— Sei... — os olhos pequenos se estreitaram. Parecia pensar em algo e, subitamente, ordenou: — Me acompanhe!

Assim que as portas do elevador se abriram, Canavarro entrou no escritório sem cumprimentar as recepcionistas. Ela foi atrás. Foram direto para a sala de reunião. Ele jogou o jornal em cima da mesa e, através de um intercomunicador, mandou que sua secretária trouxesse as pastas do caso "Leopoldo Andrade".

— Você me será útil — abriu um sorriso de hiena. Mal disfarçava que não conseguia desgrudar os olhos do decote dela.

A secretária bateu na porta e entregou o arquivo solicitado, para logo depois sair.

— Sente-se.

Ele puxou a cadeira ao seu lado. Sentaram-se mais próximos do que ela desejava.

— Pois bem, você fará o papel da acusação. Revisaremos o caso e trabalharemos todos os enfoques tendo por base a sua visão acusatória e condenatória. Você deve conhecer todas as artimanhas do Alberto... — Bateu palmas. — Nossa, que maravilha, que sorte a minha ter um anjo como você aqui! A partir de agora, trabalhará diretamente comigo.

— Mas, doutor, preciso conhecer todos os detalhes para trabalhar no caso.

— Pareceu conhecer o suficiente. Até condenou o menino, ali mesmo, no elevador.

— Sei só o que está no jornal. Segundo as notícias, vários coleguinhas confirmaram que compravam drogas com ele. Muitos se tornaram dependentes e tudo isso só foi descoberto porque uma colega de sala morreu.

— Minha adorável menina... — ele deu pequenos tapinhas na mão dela, seguidos por um leve afago. O gesto a incomodou demais. A sensação era de que insetos rastejavam por baixo da sua pele.

— Meu nome é Izadora. — Puxou a mão, levando-a ao cabelo. Colocou uma mecha atrás da orelha disfarçando o fato de que não queria ser tocada.

Por azar, Guilherme passava em frente à sala envidraçada naquele exato momento. Ele franziu os olhos e esboçou um sorriso sacana de canto de boca, provavelmente por fazer mau juízo dela.

Izzy fez força para não pensar que o rapaz soltaria a língua para Maria Paula na primeira chance que tivesse, e que ambos depois comentariam "como aquela estagiária nova é uma puta". Precisava se concentrar e prestar atenção na conversa. Era sacrificante manter a atenção naquele homem asqueroso — da pele esburacada e oleosa da face só não pingava suor graças ao ar-condicionado mantido nos dezoito graus. As bochechas caídas lembravam a ela um buldogue. As facetas de porcelana, em um tom de branco que chegavam a doer os olhos, aliadas ao cabelo preto-ébano, davam-lhe um aspecto artificial. Os olhos injetados causavam a impressão de que o advogado usufruía da mercadoria de alguns dos seus clientes.

— Meu benzinho, o mundo seria perfeito se somente defendêssemos inocentes! Não se iluda, a maioria que vem nos procurar são culpados, ao menos de alguma forma e, para falar a verdade, eu até prefiro. Adoro absolver uma pessoa culpada! Isso não só demonstra a minha habilidade profissional, como me faz conquistar gratidão eterna, o que, pela posição dos meus clientes, me garante diversos favores.

Aquele argumento a atingiu profundamente. Ela também não era inocente. Ainda que estivesse limpando o mundo da escória, o que fazia era errado. Matar alguém culpado não a isentava da culpa. Não a absolvia.

FOME

CAPÍTULO 16

Izzy voltou do trabalho arrasada. Era como se o ambiente lhe sugasse todas as energias. Chegou ao prédio e resolveu bater na casa da dona Vilma. Precisava de uns “Minutos de Porradaria”.

A vizinha abriu a porta demonstrando satisfação com a visita. Convidou Izzy para um chá, prontamente aceito.

— A senhora quer ajuda para preparar o chá? Não quero dar trabalho…

— Você acha, menina, que não consigo ferver uma água e enfiar dois saquinhos nas xícaras? — Dona Vilma se virou na direção dela com a chaleira na mão. — Não sou incompetente na cozinha, não — riu, claramente levando o comentário para um lado diferente do que Izzy pretendeu.

Depois daquele furo, Izzy achou melhor aguardar na sala consultando o *WhatsApp*. Nenhuma mensagem de Arthur. Chateada, virou o celular de cabeça para baixo, o visor beijando o sofá.

— Algo a perturbando? — Dona Vilma, em passos estranhamente ágeis, entrava na sala carregando uma bandeja com duas xícaras fumegantes.

— É… — O som quase não saiu.

— Tome o chá, vai fazê-la se sentir melhor — Entregou a bebida e se sentou na poltrona perpendicular. — Não tenho visto você, menina…

— Mudei de trabalho, dona Vilma, e isso bagunçou meus horários. Estou obsessiva por uma tarefa que quero concluir logo… — Falou mexendo o chá com a colher sem qualquer intenção de bebê-lo.

— E o que está a impedindo?

— Preciso me submeter a certas coisas para conseguir, e está bem difícil de engolir.

— Menina, o que você deseja é importante para você? — colocou a mão no joelho dela.

— Muito. — A voz tremeu um pouco.

— Então, o fim justifica os meios… O que não pode é você se perder no caminho. Agora, todas nós temos uma linha que não conseguimos ultrapassar. Não se violente quando atingir essa linha. Talvez seja isso que esteja a angustiando.

Izadora recebeu o conselho como uma paulada.

— Bom, tenho que ir. — Pousou a louça na mesinha lateral e fez menção de se levantar. — Amanhã preciso acordar cedo, senão eu não saio da cama para trabalhar.

— Mas já? Calma, menina, nem esquentou a cadeira! Não bebeu um gole do chá inglês que fiz e, principalmente, não ouviu um dos meus infames comentários… Rir é um ótimo remédio. Outro ótimo remédio é se cercar de amigos.

Izzy estava se sentindo suficientemente mal para rir. Era como se estivesse presa em areia movediça, na qual, quanto mais se mexia, mais afundava.

— Liga para ele, Izadora! Você se priva muito. Faça o que tem de ser feito, mas você não precisa excluir da sua vida as pessoas que se importam com você.

— Não dá, dona Vilma. Eu nem sempre faço a coisa certa.

— Depende do que você achar ser o certo. O mundo não é preto e branco, minha filha.

Naquela noite, Izzy teve um pesadelo.

Sonhou que estava no banco dos réus sendo acusada por seu ex-chefe, defendida pelo doutor Canavarro e julgada por Arthur.

A opressão do Tribunal a esmagava como se ela fosse um inseto maligno. Imaginava-se pequena no centro do palco enquanto todos os demais atores do espetáculo, em máscaras de tragédia grega, agigantavam-se. Todos os dedos apontavam para ela. Recebia críticas, reprovações e xingamentos. Arthur sabia o monstro que ela era, conhecia em detalhes as atrocidades que ela cometera. De nada adiantavam as explicações do que lhe acontecera, de que fazia essas coisas por necessidades fisiológicas, o que ela vivenciara e em que se transformara. Ele se enojava dela.

Acordou banhada em suor e com o travesseiro úmido por um misto de lágrimas e transpiração.

Aquele contato próximo com o doutor Canavarro já tinha lhe atingido. Izzy encarcerava a culpa no subconsciente, mas o advogado detinha a chave da cela. Vulnerável e sem pensar, pegou o telefone e discou um número.

O celular tocou no meio da noite. Arthur deu um pequeno pulo e sentou-se na cama meio abobado por ter sido acordado no susto. Foram necessários alguns toques para arrebatá-lo do sono profundo.

Com o telefone ainda tocando, alcançou o iPhone na mesinha de cabeceira. *Numa hora dessas, só pode ser a mamãe.* Ele esperava qualquer pessoa, menos o nome visualizado na tela.

Apertou o botão e, consumido pela ansiedade, atendeu a ligação.

— Izadora? — Mal acreditava. Talvez devesse se beliscar para descobrir se sonhava.

— Oi... você estava dormindo, né? Dá para perceber pela sua voz... Me desculpe.

— Tá tudo bem? Aconteceu alguma coisa? — Passou a mão pela cabeça. Estava preocupado. Há alguns dias não se viam, mais precisamente desde a despedida dela, e desde o beijo sequer conversaram direito.

— Eu precisava ouvir uma voz amiga — a voz soou embargada.

— Você quer que eu vá até aí? — perguntou esperançoso. Prendeu a respiração por alguns segundos aguardando a resposta.

— Você viria?

— Chego em vinte minutos! — Desligou o telefone, pulou da cama, vestiu uma calça de moletom, camiseta e tênis. Pegou a chave do carro, sua mochila e bateu a porta do *loft*. Queria chegar à casa dela antes que mudasse de ideia.

Quando a porta do apartamento 201 foi aberta, Arthur encontrou uma Izadora visivelmente abalada. Seus olhos tristes estavam grandes e avermelhados diante do choro reprimido, e mesmo assim o enlouqueciam. A pele branca contrastava com a camisola de seda na cor cereja. O cabelo preso atrás das orelhas destacava os traços finos e delicados do seu rosto. Ela parecia frágil e perdida. Aquele retrato da desolação deixava-a ainda mais linda e despertava nele o instinto protetor.

Arthur jogou sua mochila no chão e a abraçou com carinho. Permaneceram assim por vários segundos, emudecidos, apenas mergulhados nos braços um do outro, tentando aliviar a solidão que ambos sentiam.

Izadora foi a primeira a interromper o abraço. Por ele, ficaria mergulhado em seus cabelos por horas.

— Desculpe, nem deixei que você entrasse direito — disse se afastando e pondo fim ao toque.

— Está tudo bem. Eu também precisava desse contato.

— Vem, entra!

Puxando-o pela mão, ela o conduziu até o sofá. O sofá aos pés do qual tinham se beijado... Ambos se sentaram próximos, inclinados na direção um do outro. Eugene roncava na sua caminha. Ele levantou o rosto, focou seus olhos felinos em Arthur e voltou a dormir em seguida, não dando a mínima para a visita.

— Você topa uma bebida?

— Daqui a pouco... — Ele a admirava curioso e extasiado. Não queria perder aquele momento. — Primeiro diz o que houve com você. Fiquei preocupado!

— Não foi nada, de verdade! — Arthur franziu a testa, não acreditava nisso. — Tá bom... — ela assentiu —, eu confesso, senhor Juiz. — Izzy deu um sorriso caído, de canto de boca. — Foi só um pesadelo.

— Você me deixa confuso e lisonjeado ao mesmo tempo. Um simples pesadelo seria motivo para me ligar no meio da noite? — Tocou a sua mão com as pontas dos dedos, meio que testando se ela recuaria, como alguém toca com cautela um cão maltratado, desacostumado com carinho.

— Hum, tudo bem... não foi um simples pesadelo — ela suspirou. — Você estava nele.

— Sério? Então anda sonhando comigo? — Aquela informação deixou-o feliz. Seu coração berrava dentro do peito. Ainda que fosse um pesadelo, estava nele. — E como foi esse sonho?

— Ah, Arthur, é complicado — Izzy abaixou a cabeça para não o encarar e olhou para os próprios pés. — Me sinto culpada por coisas que fiz e você me julgava, achava que eu era um monstro.

— Você, um monstro? Eu nunca pensaria isso. — Pegou no queixo dela com delicadeza e conduziu seu rosto para que olhasse para ele. — E olha que você me tratou mal, me dispensou, me deixou no vácuo, e eu continuo totalmente na sua.

— Você só fala isso porque não sabe do meu passado — uma lágrima escorreu pela bochecha esquerda. — Não sabe das coisas que já precisei fazer.

E o que seria de tão ruim assim? Impossível que fosse pior do que o que ele fez.

— Pare de ser tão dura com você mesma — Limpou o rosto dela com o polegar. — Quem nunca cometeu erros, fez coisas de que se arrependeu? — Pegou as suas mãos e, encarando-a, confessou: — Eu mesmo já errei feio no passado, fiz algo que até hoje tenho dificuldades de engolir. A minha sorte é que uma pessoa importante para mim me perdoou, e isso me ajudou a seguir em frente, mas aprendi na pele que não há juiz mais carrasco do que nós mesmos. Se dependesse de mim, até hoje eu estaria condenado.

— Há atos, Arthur, pelos quais não se consegue perdão. — Ela não sustentou o olhar.

— Se fosse assim, não seriam necessários julgadores, julgamentos e tribunais. Bastava a condenação imediata dos que erram. Mas entendo você. Não há pior prisão do que a nossa própria consciência.

— Você diz isso porque não tem a mínima ideia do que já fiz. — Ele conhecia o estado mental no qual ela estava. Sentia a presença da culpa, como uma energia magnética no ambiente, uma entidade sem corpo, mas que enchia o cômodo, como música alta.

— Tenho certeza de que se eu soubesse, seria bem mais compreensivo com você e com seus motivos do que você é.

Aparentando cansaço, Izadora se curvou e apoiou a cabeça em seu colo. Ele começou a acariciá-la passando os dedos pelos cabelos macios. O cheiro era maravilhoso, lembrava pudim de baunilha.

— Dorme comigo hoje? Não queria ficar sozinha.

Porra, eu não devia ficar... Toda vez que eu me aproximo, ela me afasta e isso fode mais ainda com a minha mente. No entanto, um leve aceno de cabeça respondeu ao pedido. Então, Izzy o levou pelos braços até o quarto.

Arthur encontrou um cômodo aconchegante. A cama com dossel em metal embutido no teto dava uma imagem romântica ao ambiente. Ficou surpreso. Era certo que ele a via com dubiedade: uma mulher forte, determinada e independente, ao mesmo tempo solitária e frágil. Porém, nenhuma das ideias comportavam uma Izadora romântica. Sempre a achou prática e racional. Uma mulher moderna.

O véu em um tecido fluido na cor branca, apesar da transparência, fazia-o sentir que, uma vez na cama, estariam isolados do resto do mundo. Dos dois lados do móvel, havia duas mesas de cabeceira com pequenos enfeites — velas perfumadas, incensário, um vaso de vidro com uma linda orquídea amarela, e dois abajures na cor amarelo-claro — mas, novamente, nenhum porta-retratos. Na parede oposta, que dava acesso à suíte, havia um armário e um quadro. O único quadro na casa toda.

Izadora acendeu um incenso, que tomou rapidamente posse do local, trazendo uma sensação de relaxamento, enquanto Arthur observava a pintura de beleza ímpar. O quadro, com uma moldura simples em madeira branca, destacava a arte. Pinceladas coloridas em tinta à óleo nas cores vermelho, amarelo, rosa, púrpura e azul-celeste pareciam se mesclar perfeitamente, formando um trabalho de cores maravilhoso. Todavia, a beleza impressionista residia no fato de que, observada de perto, a pintura não passava de uma sucessão de borrões.

— Gostou do quadro?

— Sim, muito...

— Pra você entender o que é, precisa admirar de longe. Chegar perto demais só te deixará encantado e confuso. Vem aqui... — De certa forma, aquela fala servia também para defini-la.

Arthur foi até a mão estendida e, do outro lado do quarto, viu que a pintura retratava uma ave.

— É uma Fênix... — ela explicou. — Acho uma ave *fodástica* e tem um simbolismo forte para mim. Agora, deita comigo. — Pediu afastando o véu com a mão direita ao mesmo tempo em que o chamava com a esquerda.

Izadora deitou-se primeiro e ele a cobriu. Depois, foi até o outro lado da cama, tirou os sapatos e deitou-se ao lado dela, abraçando-a por trás. Optou por não desligar os abajures. Com as suas lâmpadas quentes, emanavam uma fraca luz amarela, transmitindo conforto e aumentando a sensação de intimidade.

O contato dos corpos não permitiu que caísse no sono. Era uma avalanche de sensações e cheiros que o dominavam. Enfiou o nariz nos fios platinados e aspirou o ar. Sem conseguir se travar, começou a passar as pontas dos dedos no braço dela, numa espécie de carinho, e percebeu que ínfimas bolinhas rugosas brotaram sobre a pele macia.

Izadora mudou de posição, virando-se para ele. Um par de olhos verdes levemente puxados e um par de olhos castanhos amendoados se encararam. Na penumbra do cômodo, ele pôde observar a pupila dela dilatando enquanto sentia o seu coração acelerar.

O hálito da moça era gostoso, lembrava o chiclete de morango azedinho-doce que ele chupava na infância. Queria muito beijar a sua boca, mas tinha receio da sua reação — não suportaria ser mandado embora de novo.

Ele estendeu o braço direito e passou o indicador pelo rosto delicado, seguindo o trajeto do dedo com os olhos. O coração pulsante injetava o sangue para as áreas mais remotas, e ele percebeu a ereção. Decidiu, então, virar de costas e tentar dormir antes que fizesse algum movimento irracional. Ao fazer menção de deslocar o corpo para o outro lado da cama foi surpreendido por Izadora, que segurou seu braço impedindo a sua rotação, para em seguida voar para cima dele e pousar em seus lábios e sobre seus quadris.

Entranharam-se um no outro com tamanho desespero que pareciam pretender mesclar os corpos e se tornar uma só pessoa. Beijava-o com sofreguidão, como se o desejo fosse pungente.

De repente, ela arqueou o tronco interrompendo o beijo e o encarou. Ainda que palavra alguma tenha sido dita, a mensagem era diferente da daquele dia. Arthur pôde perceber que ela o queria.

Ele segurou, então, as pontas macias da camisola e Izadora ergueu ambos os braços. Assim que o cetim cereja ultrapassou a altura do colo, ele se chocou com a beleza da pele de pêssego — tão alva que lhe lembrava os lençóis brancos da sua antiga cama — e com os seios hipnotizantes — dotados de mamilos da cor de uma flor de cerejeira e no tamanho perfeito para serem apalpados e caberem em suas mãos.

Admirou-a extasiado por cinco segundos, tempo suficiente para perceber que dali em diante não conseguiria mais manter a racionalidade. Permitiu-se ser despido para mergulhar nos desejos e sensações que afloravam, como água que brota da nascente formando um rio indomável, e deixou o corpo o comandar totalmente.

A conexão era forte e a química em nada se assemelhava às lições aprendidas na escola, era algo avassalador, como se tivessem sido moldados um para o outro. Suas bocas conheciam as trilhas a serem percorridas sem que fosse necessária uma indicação sequer, comunicavam-se através dos olhos. Tal qual máquinas em um encaixe perfeito para fazer funcionar toda uma engrenagem, conduziram-se ao limiar do prazer, somente sucumbindo ao sono horas depois, quando o dia já raiava.

Quando Izzy acordou, atrasada, não encontrou Arthur na cama. A claridade que teimava em entrar pelas frestas das persianas a avisava do horário. Agarrada ao travesseiro largado ao seu lado, aspirava o cheiro cítrico-amadeirado impregnado na fronha — um homem havia estado em seus lençóis! Espreguiçou-se como uma gata preguiçosa, sentindo onde o corpo estava dolorido. Bem verdade que não eram os músculos que doíam. A sensação era no baixo ventre, no sexo adormecido e que agora acostumava-se com a ideia de que alguém estivera dentro dela rompendo barreiras impostas há anos.

Passou o dedo nos lábios semiabertos e se lembrou dos toques, dos carinhos, dos beijos perfeitos, das costas largas e do torso musculoso, da transa fantástica, enfim, de como ele a fez se sentir. Um lampejo *de normalidade* a fez acreditar que aquilo que tinham poderia dar certo. Riu ao admitir para si mesma que achava estar apaixonada.

O toque do celular acusando o recebimento de uma mensagem a arrancou de seus pensamentos. *Nossa, são 08h50!* Tomou um banho rápido e vestiu sua saia lápis preta com uma camiseta de cetim branca. Maquiou-se em três minutos, graças às dicas do Instagram, e arrumou com as mãos o cabelo, com especial atenção à franjinha. Quando finalmente chegou à cozinha, encontrou Arthur sentado na banqueta tomando uma xícara de café e conferindo suas mensagens no celular.

— Oi, dorminhoca! — ele deu um sorriso largo e cativante, aquele que formava as tão faladas covinhas sexies nos cantos da boca. Levantou-se, abraçou-a e deu-lhe um beijo de bom-dia. — Eu queria ter feito uma surpresa. — A segurava nos braços. — Pensei em café na cama com direito à massagem e tudo, mas só encontrei seu instrumento de tortura… — Diante do silêncio dela, ele completou: — Estou falando do seu pó de café — riu e imediatamente perguntou: — Você não come, não?

Aquilo foi um soco em seu estômago. Precisava ser rapidamente lembrada de que não havia forma de darem certo juntos? Destino idiota! Sequer a possibilidade de se iludir, de viver aquele momento, ainda que por pouco tempo, ela tinha?

A realidade precisava ser esfregada na minha cara tão rápido assim?

Izadora desconversou. Desvencilhando-se dele, desculpou-se alegando pressa, estava atrasada para o serviço.

— Ok, eu entendo. Posso lhe dar uma carona até lá… — ofereceu em um tom decepcionado.

— Prefiro que não… Não quero misturar as coisas — Izzy deu um pequeno beijo de despedida em seus lábios, provando o amargor do café. Combinaram de se falar mais tarde, mas já estava decidida a fazer de tudo para não o atender.

CAPÍTULO 17

Desceu a rua, arrasada.

Merda de vida! Devo ser a única mulher que passa uma noite maravilhosa com um cara incrível, e ainda por cima gostoso pra cacete, e de manhã se sente a pior pessoa do mundo. Se não tivesse tanto medo de ficar literalmente em frangalhos, de andar por aí com a carne mastigada pendurada pelo contato das rodas com os trilhos, ela se jogaria em frente ao trem do metrô quando ele estivesse chegando na estação.

Se a culpa já a consumia antes, pensar que todos tinham direito ao perdão, como Arthur sustentou, só piorou as coisas. Além disso, tinha se envolvido. A paixão a fazia desejar ardentemente uma vida normal e se revoltar com a sua condição. Para se manter sã, se obrigaria a evitá-lo.

Assim que pisou no escritório, foi convocada pelo doutor Canavarro para comparecer em sua sala. *Não é um bom dia para aturar o velho*, pensou ao percorrer o corredor que levava até a sala dele. Bateu na porta e, mesmo sem ouvir a resposta — dada a grossura da madeira —, entrou. Encontrou-o sentado à mesa, com as pastas do caso "Leopoldo Andrade Junior".

— Entre, Izadora, sente-se. O doutor Leopoldo Andrade está chegando. Virá com a sua esposa e filho. Enquanto isso, vamos rever o caso — disse, aparentando concentração nos papéis em suas mãos.

— Ok. — Izadora sentou-se em uma das duas poltronas localizadas de frente para a grande mesa de escritório.

— Aí não, minha querida. Aqui do meu lado — puxou uma cadeira próxima à dele e indicou com as mãos para que ela se sentasse. — Leopoldo e a esposa se sentarão nessas poltronas. Pela delicadeza do caso decidi recebê-los aqui mesmo, em vez de na sala de reuniões. É mais pessoal e discreto.

Sentar-se tão perto dele a incomodava. Sentia-se invadida e suja. Porém, só atingiria o seu objetivo se permitisse a aproximação indesejada. Sem muita saída, levantou-se e, ao obedecê-lo, percebeu que ele deu uma boa olhada em suas pernas.

— Muito bem, minha linda... — deu três tapinhas na coxa dela. — Leopoldo Junior foi apreendido em flagrante próximo à saída do colégio, enquanto entregava para um colega da escola alguns comprimidos que afirmou serem de "aspirina". Como no nosso país a polícia técnica não é nada parecida com a dos seriados americanos, principalmente por falta de estrutura, mas também pelo hábito do cafezinho, mantido ainda por alguns, o exame do material apreendido tomaria tempo, não sendo razoável, com base no Estatuto da Criança e do Adolescente, que ele permanecesse recolhido. Assim, conseguimos que o menor fosse liberado, tendo por compromisso comparecer aos atos do futuro processo. O complicador é que alguns amiguinhos prestarão depoimento na delegacia na companhia dos responsáveis e confirmarão que Leopoldo traficava, e que, inclusive, uma menina da sala faleceu.

O intercomunicador começou a tocar. Era a secretária anunciando que os clientes haviam chegado.

Entraram na sala um senhor próximo dos cinquenta anos, calvo, de óculos e com olheiras profundas, visivelmente aborrecido com a situação pela qual passava; uma senhora, que apesar do botox aparentava mais de quarenta anos, com *mega hair* até a cintura, unhas postiças enormes e aquela boca de pato de quem exagerou no preenchimento, e um adolescente folgado, desses "filhinhos de mamãe" acostumados a ter tudo nas mãos.

— Doutor Canavarro, muito obrigado por nos receber — disse o pai, cumprimentando o diabo e depois se sentando na poltrona em que Izzy anteriormente se sentara. — Estamos muito preocupados com o caso. Minha mulher não está conseguindo dormir direito. Como podemos resolver isso?

— Doutor Leopoldo, fique tranquilo, tudo será resolvido. O senhor me dá carta branca para dar fim a esse problema?

— Sim, claro! Não é, amor? — A Sra. Andrade meteu-se na conversa enquanto ajeitava o decote do vestido vermelho, puxando-o para baixo e deixando os seios ainda mais volumosos e empinados. Parecia querer cativar a atenção do advogado para garantir dedicação total ao caso. Carolyna Bulhões Andrade, apesar de transpirar futilidade, mostrava verdadeira preocupação pela situação do filho. — Você me prometeu fazer de tudo ao seu alcance para livrar o Junior.

Aquela complacência dos pais fez o sangue de Izzy subir. Por sorte, a pele dela não ficava vermelha quando estava com raiva. Entendia o instinto dos pais de protegerem os filhos, mas se perguntou o quanto aquele menino fora mimado desde o berço, quantas maldades naturais à idade não foram perdoadas sem bronca para que ele chegasse aonde estava. Esperava que a irmã estivesse fazendo um trabalho mais responsável com a sobrinha, como parecia que Eduardo estava fazendo com seus filhos. Aquela reunião acabara de começar e já causava nojo em Izzy. *Quantas adolescentes ele vai viciar até que alguém coloque um freio nele*, perguntou-se enquanto observava o menino.

— Senhor e senhora Andrade, acalmem-se! Eu já tenho uma solução para o caso, necessito apenas de algumas informações e de que os senhores adiantem uma parte dos honorários. Preciso de oitenta mil reais para pagar um novo laudo e preciso que Junior colabore.

— Ele vai colaborar, doutor! — disse a mãe apertando a alça da bolsa.

O advogado, então, virou-se para o jovem.

— Você sabe qualquer coisa de podre a respeito desses dois colegas, João Aurélio e Rodrigo, que irão depor na delegacia?

O menino sequer hesitou.

— Mano, sei que os dois agarraram uma mina da escola à força e o caso foi abafado, tá ligado?

— Ótimo, podemos partir daí. Conte-me tudo o que você sabe sobre esse suposto estupro.

O rapaz entregou todas as informações que sabia, as quais foram devidamente anotadas por Izzy no bloco pousado em seu colo.

Antes de terminar o encontro, doutor Andrade assinou um cheque no montante solicitado. Izadora nunca havia visto um com aquele tipo de quantia. Crescera acostumada à vida simples dos pais, que nem talão tinham. Se pudesse optar, daria tudo para sentir novamente o cheiro de bolo de fubá da mãe se alastrando pela pequena casa e para tomar aquele cafezinho de fim de tarde passado no coador de pano, sobre a toalha de chita florida preferida da mãezinha, que enfeitava a cozinha enquanto conversavam. Decididamente aquele lugar onde se encontrava agora não combinava com ela.

Assim que deixaram a sala, o doutor Canavarro passou para Izzy os passos seguintes.

— Eu já acertei o pagamento do laudo que atestará que os comprimidos eram aspirinas. Pedirei ao meu filho para que entregue o dinheiro em mãos. Já você, lindinha, me acompanhará na conversa com os responsáveis desses meninos — apertou o botão do intercomunicador e solicitou à secretária que efetuasse a primeira ligação.

Conversou com ambas as mães através do viva-voz. Explicou que estava a par de um assunto muito delicado, o abuso cometido pelos seus filhos. Ele conhecia jornalistas que adorariam esse tipo de notícia, ainda mais com envolvidos tão proeminentes. Se conversassem com os seus filhos para que, ao deporem na delegacia no "caso Leopoldo Andrade Junior", negassem o envolvimento do menino com o tráfico, todos sairiam ganhando. Bastava que dissessem que nada sabiam.

O homem desligou o telefone satisfeitíssimo.

— Precisamos comemorar mais um caso bem resolvido, lindinha... Esses moleques não vão abrir a boca. — Ela odiava ser chamada assim.

— Então o senhor não vai fazer nada quanto ao estupro da menor? — Izzy esperava que houvesse ao menos um pingo de decência nele.

— Obviamente, não. Só o usaria se fosse preciso abalar a reputação das testemunhas e se as mães tivessem se recusado a cooperar, mas não foi esse o caso, e tudo se desenrolou da melhor forma possível. Não há elementos para que o inquérito prossiga, e muito menos para a instauração de uma ação.

— Mas foi um estupro! — insistiu, indignada.

— Lindinha, quantas mulheres não saem *dando* por aí e, depois, arrependidas, alegam que foram abusadas? Esqueça isso! Vamos nos concentrar na nossa comemoração. — Colocou a mão direita no joelho dela.

Aqueles dedos gordos e suados massageando seu joelho a congelaram. Pareciam lesmas roliças soltando o muco em sua pele.

— Hoje, infelizmente, tenho um compromisso inadiável. Um jantar com um senador que está solicitando os meus serviços. Foi delatado, coitado. Mas já fiz uma reserva para nós dois para amanhã à noite. Você, minha linda, será minha acompanhante no jantar. — Quando fazia menção em deslizar as mãos para cima, foi interrompido pelo intercomunicador.

Graças a Deus, ela pensou. Ainda acreditava n'Ele, apesar de tudo.

Era a secretária anunciando o próximo cliente, um conhecido Barão do Jogo do Bicho.

Izzy saiu da sala e, em passos rápidos, foi direto ao banheiro. Entrou na cabine e vomitou. Sentia que as tripas sairiam pela garganta de tanto nojo. Se pudesse, arrancaria a própria pele do local que ele havia tocado.

Sentada no chão da cabine, com o rosto apoiado no vaso, chorou um choro repleto de raiva. Tomada de fúria, levantou-se e deu um soco na porta do banheiro. O barulho ecoou. A cabine escancarou e ela pôde ver ali do outro lado da porta uma das recepcionistas a encarando. Os olhos abertos pelo susto não disfarçavam o claro sentimento de pena.

— Está tudo bem? — com as costas coladas no azulejo do banheiro, a moça ainda se mostrava tensa.

— Não, tem mais alguém aqui com você?

— Mais ninguém... pode ficar tranquila. Eu só vim escovar os dentes. Acabei de almoçar. — De fato, ela portava uma pequena *nécessaire*. — Não vou comentar o que vi... Sua mão está doendo? — questionou enquanto caminhava até a porta de entrada do banheiro e passava o trinco.

Izzy sacudia a mão direita.

— Está tudo bem. — Enxugou o rosto com as costas do braço. — Obrigada por se preocupar.

— Bernadete. Esse é o meu nome. O seu é Izadora, né? — Apoiou a bolsinha na pia e mexeu nela, procurando alguma coisa.

— É...

— Olha, Izadora, eu sei o que você está sentindo. — Virou o corpo de lado para que ficassem frente a frente. — Eu já passei por isso. Na verdade, muitas de nós já estivemos no seu lugar — suspirou.

— Como assim? Então, é verdade? — A testa de Izadora latejava por causa do vômito e da raiva que fervia em suas veias.

— Que o doutor leva as jovens e bonitas para jantar e depois se serve delas como sobremesa? É, sim... — Bernadete assentiu com uma expressão sombria.

— E ninguém dá parte dele?

— Você só pode estar brincando! Como dar parte de um homem que tem delegados, policiais, juízes no bolso? Ainda por cima sem provas, só com a palavra da vítima... sem contar que algumas das meninas não acabaram bem. Lembra daquele caso do Psicopata do Abecedário?

— Sim, sim... claro que sim!

— Duas das moças que foram mortas trabalharam aqui. A Danika foi recepcionista. Trabalhamos juntas por pouco tempo e logo depois ela sumiu. — Aproximou-se de Izzy, possivelmente na intenção de falar mais baixo. — Antes de ela não aparecer mais aqui, ela me confidenciou que uma noite o monstro a chamou até a sala dele. Deu como desculpa que sua secretária já havia ido embora. Quando ela entrou, ele mandou que ela fechasse a porta e servisse um uísque. Danika foi até o minibar e, de costas, não viu quando ele se aproximou e a empurrou para a parede. Enfiou os dedos nela. O nojento a masturbou e ela precisou fingir prazer para que aquilo acabasse. Podre! — Contraiu a boca. — Já a Carla, não sei detalhes... só ouvi que foi abusada pelo doutor numa noite em que ele a ofereceu uma carona. Acredito que nos arquivos do RH ainda esteja registrada a passagem delas por aqui.

— E você? — Era evidente que algo havia acontecido com a moça.

— Comigo? — Ela deu uma risada triste. — Eu era a bola da vez até você chegar. Já me submeti a ele três vezes. Senti aquele homem me violando por três malditas vezes! — Pressionou os olhos para evitar que as lágrimas rolassem. — Até que, infelizmente para você, você me salvou. É assim que funciona aqui... Ele se interessa por *carne nova.*

Eu também...

— Como você aguentou continuar trabalhando aqui? — Izadora tentava entender como uma vítima de estupro aguentava permanecer no mesmo ambiente que o seu algoz.

— Tenho um pai aposentado ganhando uma miséria e uma mãe deficiente. Sou arrimo de família. Nesse mundo cão nós fazemos qualquer coisa para colocar comida na mesa. — Foi até a porta de entrada e a destrancou. — De qualquer forma, eu agradeço. Você me libertou — falou com a voz embargada e em seguida saiu.

Izadora foi até a pia. Lavou as mãos, jogou água no rosto e bochechou. O gosto azedo da boca escorreu pelo ralo. Um rosto pálido e inexpressivo a encarou. Tinha pouco mais de 24 horas para planejar como se daria a captura dele. À noite, já teria outro compromisso — com Leopoldo Junior. Porém, naquele momento, ela tinha mais uma coisa que a interessava: o registro de que Danika e Carla trabalharam ali. Aquilo não era uma mera coincidência.

Saiu do banheiro decidida a obter os registros; aproveitaria o horário de almoço da responsável pelo setor. Apesar de o escritório ser de grande porte, o número de sócios e contratados não era muito superior a 100, portanto não demandava uma grande equipe de RH.

O escritório ocupava um andar inteiro. A parte administrativa, apesar de menos glamorosa, ainda era bonita. Ela caminhou a passos firmes pela copa, virou à esquerda no corredor e encontrou a sala procurada. Determinada, pousou a mão na maçaneta e abriu a porta. Deu de cara com Maria Paula atrás de um computador.

— Boa tarde… — falou por mera educação.

A estagiária fixou nela seus pequenos olhos pretos e fez uma careta. Era evidente que não se gostavam.

— Que honra receber a *primeira-dama* do escritório nessas bandas… — A ironia era cortante na voz.

Izzy ignorou o comentário.

— Doutor Canavarro me pediu que olhasse uns registros no arquivo de pessoal… — explicou apenas para que não levantasse suspeitas.

— Você não perdeu tempo, né? Foi logo se oferecendo para o sapo velho — disse, levantando-se da mesa e dirigindo-se para a porta. — E aí, me conta… O pau dele ainda fica duro?

Izzy estava a segundos de perder o autocontrole. Fechou os dedos e fincou as unhas na palma de ambas as mãos, mantendo os punhos cerrados ao lado do corpo.

— Bom, eu tinha combinado com a Glória de ficar aqui para ela enquanto ela almoça, mas não me misturo com puta. — Estava a um passo de alcançar a maçaneta quando terminou o xingamento.

Seu sangue subiu. Maria Paula havia puxado o gatilho de uma granada, e ela explodiu.

Izzy espalmou a mão direita na madeira da porta impedindo que a moça saísse. Maria Paula não moveu um dedo, estava de costas e assim permaneceu. Izzy se aproximou a centímetros da lateral do rosto dela. Sentia a respiração da jovem levemente acelerada e a tensão que se apoderou do ambiente, como fumaça que toma conta de uma casa em chamas. Se quisesse, podia arrancar-lhe a orelha em uma só bocada.

— Vou lhe dar um aviso, e sorte sua que hoje vai ficar só nisso — sussurrou quase encostando os seus lábios no lóbulo da outra. — Na próxima vez que você me chamar de puta, eu faço você engolir essas palavras bem devagar, entendeu? Garanto uma indigestão inesquecível. — A raiva queimava seu rosto.

Maria Paula não respondeu.

Izzy retirou a mão da porta, liberando a saída atabalhoada da menina. De alguma forma, a ameaça fora compreendida.

Assim que Maria Paula a deixou sozinha, ela verificou o relógio. Calculava ter cerca de doze minutos para conseguir o que queria. Abriu o arquivo de metal com cinco gavetas e em poucos segundos percebeu que os documentos estavam em ordem alfabética.

Começou pela letra "D"; encontrou a cópia da carteira de trabalho da vítima Danika. A demissão por justa causa foi anotada após o seu sumiço. Voou para a letra "C" e uma ficha de contratação para a função de secretária adjunta no nome da vítima Carla pulou nas suas mãos. Empolgada com as descobertas e contando com a possibilidade de haver alguma informação sobre as outras duas vítimas do Alfa, resolveu consultar a letra "A" e "B". Com certeza havia um ponto em comum entre elas.

Folheando cada papel que achava, passou os olhos rapidamente por algo que, a princípio, não chamou de imediato a sua atenção, mas o suficiente para que retornasse ao documento e o retirasse do arquivo. Era uma ficha de cobrança de honorários. No cabeçalho, as seguintes informações:

Processo n. 2004.000.838.039-12
Ato análogo ao Art. 121, parágrafo 2, IV, Código Penal
Réu: Arthur Azevedo da Costa Erbe
Advogado: Luiz Augusto Canavarro
Honorários pagos por Elias Azambuja
Resultado: Absolvido

Tentou controlar a tremedeira nas mãos, mas o desespero que subia em forma de bile não ajudou. Ao sair da sala se escorando pelo corredor, como se tivesse exagerado no *happy hour*, passou por um *trainee* absorto em suas anotações a ponto de sequer notá-la. Pegou a bolsa e se dirigiu para os elevadores. Precisava urgentemente deixar aquele ambiente tóxico, pois estava a ponto de perder a sanidade — ou o que sobrara dela.

CAPÍTULO 18

Saiu do prédio às pressas.

Era finzinho de tarde e a luz magnífica em tons dourados que refletia na fachada espelhada não melhorou o seu ânimo. Quando chegou na calçada, puxou o ar com toda a sua força, como se tivesse levado um tremendo *caldo* e, depois de lutar com as ondas, conseguisse emergir das águas. Só quem passa por uma situação de quase afogamento sabe que, apesar de salvo, o gosto salgado do mar parece impregnado nos lábios.

Ao cruzar a primeira esquina em direção ao metrô, seu celular tocou. Era Arthur. Apertou o botão e rejeitou a chamada. Não demorou nem cinco segundos para ouvir novamente o vozeirão do Elvis cantando *"If you're looking for trouble, You came to the right place, If you're looking for trouble, Just look right in my fa..."* e apertou o botão de desligar novamente. Estava decidida a fazer três coisas: ir para casa, esquecer Arthur e se preparar para a sua tarefa com Leopoldo Junior.

Arthur havia encerrado as audiências daquele dia.

Sentado sozinho em seu gabinete, digitava uma sentença de sete anos por tráfico, alternando momentos em que contemplava a pintura formada no céu — com tons de rosa, dourado e azul-turquesa —, anunciando o anoitecer e as lembranças da madrugada.

Estava louco de vontade de falar com ela, de senti-la novamente. Decidiu parar de joguinhos e ligar. O telefone chamou e na terceira chamada foi desligado. Tentou mais quatro vezes, todas com o mesmo resultado. Convenceu-se de que havia algum problema com o aparelho, e por isso buscou no *Google* o telefone do escritório do doutor Canavarro.

— Boa tarde, escritório Canavarro e Filho Associados, em que posso ajudar? — perguntou uma voz feminina naquele tom de locução de aeroporto.

— Boa tarde, gostaria de falar com Izadora, estagiária...

— Ela já foi embora, senhor. É só com ela? Posso transferi-lo para outra pessoa.

— Não, obrigado, é só com ela — desligou, salvou a sentença, pegou o paletó e saiu afoito, quase esbarrando em Liliane, sua assessora, que trazia um cafezinho passado na hora, acostumada aos seus serões.

Izadora sacou a chave da bolsa para abrir o portão do prédio. O antigo imóvel de apenas dois andares não possuía porteiro nem portaria. Enfiou a chave no miolo da fechadura e virou.

— Izadora... — Ela pousou a mão na grade do portão, mantendo-o aberto, e virou-se para encará-lo.

— O que houve? Você está me evitando ou é impressão minha? — A testa enrugada de Arthur e a tensão na mandíbula indicavam a sua frustração.

— Estou ocupada, conversamos depois... — A resposta fria agulhou o rosto dele como pingos finos de chuva.

— Não! — saiu um pouco mais alto do que ele pretendia. — Achei que a gente tivesse superado essa fase.

Ela não respondeu, apenas escancarou o portão e saiu andando, deixando-o falando sozinho.

Arthur foi atrás. Alcançou-a no térreo, quando ela ensaiava subir o primeiro degrau da escada.

— Porra, o que está acontecendo? — Exasperou-se segurando-a pelo braço na intenção de que ela não fugisse. — Eu mereço uma explicação, é o mínimo!

Izadora o encarou. Algo nela estava diferente, ele percebeu pelo jeito que o olhava. Era um olhar morto, sem brilho. A paixão que ele havia visto na noite anterior não estava mais lá.

— Solta o meu braço, por favor... — O pedido soou ríspido.

— Eu só quero que você converse comigo.

— Vai me forçar com violência? Não seria a primeira vez, né? — A mão dele ainda pousava no braço dela, um pouco acima do cotovelo.

— Claro que não! De onde você tirou isso? — perguntou abismado. Arthur sentia como se Izadora escorresse por entre seus dedos.

— Vai soltar ou não? — Ele sabia que se a soltasse ela subiria as escadas correndo, mas não tinha outra opção.

Liberta do contato, Izadora subiu os degraus em velocidade. No entanto, foi alcançada por Arthur quando abria a porta do seu apartamento, graças aos sapatos de salto.

— Para de me seguir! Não quero conversar com você! — berrou com a porta entreaberta, prestes a entrar no imóvel.

— O que que eu fiz de errado? — sentia um misto de raiva e frustração. — Porra, você vai me afastar de novo? A gente passou parte da noite juntos, foi bom pra caralho, eu estou louco por você e é assim que as coisas se desenrolam? Depois de tudo?

— Você é uma pessoa diferente da que pensei que fosse... — disse como se estivesse cuspindo algo que a enjoara.

Desesperado por perceber que a perdia, Arthur deu um soco no beiral da porta. Um som seco ecoou pelo corredor.

— O que o desgraçado do Canavarro disse? — perguntou em um tom muito acima do seu normal.

Ela olhou para ele, mas não parecia assustada; pior, parecia decepcionada. Seus olhos grandes exalavam reprovação. Arthur se sentiu como nos tempos de escola, quando tirava nota baixa na prova, enquanto o Bê sempre gabaritava. Era assim que a mãe o olhava. Fez uma viagem de vinte e dois anos em poucos segundos, carregada de traumas, rejeição e comparações.

— Desculpa... me desculpa, eu não pretendia acertá-la... Você sabe disso, né? — Colocou ambas as mãos em cada lado do corpo dela, na altura dos ombros e, com os olhos, implorou por compreensão, sabendo que o que tinha feito, apesar de não pretender atingi-la, era inaceitável para uma mulher. — Nunca faria isso. Me perdoe, por favor! É que eu não vou aguentar perder alguém que amo de novo. — Os nós dos dedos arranhados doíam tanto quanto o coração partido.

— Menina... — Uma voz fina gritou do térreo. — Está tudo bem, minha filha? Quer que eu chame a polícia? Já chamei hoje para uma visita de cortesia ao *boxeador* do 202, posso chamar de novo.

— Não precisa, não, dona Vilma, está tudo bem. O Arthur já vai embora... — E, dirigindo-se a ele, completou: — Bastou saber que ele o defendeu.

— Mas eu era só um menino... Me dê uma chance de explicar, por favor!

— Hoje, não, Arthur, estou péssima. Preciso de um tempo para digerir...

Assim que Arthur a deixou sozinha na entrada de casa, ela desmoronou no sofá. Sabia que ele estava ferido, mas ela também estava, principalmente porque encontrá-lo fazia com que os sentimentos que ela tentava matar se debatessem ferozmente. Estava apaixonada por um homem que era um assassino, só que havia algo a mais: ele devia a sua alma a uma *entidade* maligna e, pelo que Izzy havia testemunhado, só os piores se imiscuíam com ela, e essa era a porra da linha que ela não conseguiria ultrapassar.

Eugene veio rapidamente ao seu socorro, esfregando-se nas suas pernas e ronronando em uma cadência gostosa e tranquilizadora.

O que há com os gatos, que sempre sabem a hora de sumir e a de aparecer? Acariciava a cabeça do felino e admirava os seus belos olhos verdes-amarelados. Estava tão emocionalmente exausta que se arrastaria até a cama e só sairia de lá na semana seguinte, se pudesse, mas tinha uma tarefa importante a fazer: ensinar a um moleque mimado a melhor lição da vida dele.

Vestida com seu macacão preto e um casaco com capuz, permaneceu de vigília dentro de um café situado em frente ao prédio de Leopoldo Junior.

Pediu um *frapuccino* de chocolate só para disfarçar, mas a bebida parecia deliciosa.

Ai, meu Deus, como eu daria tudo para poder comer chocolate de novo, suspirou, precisando se contentar em cheirar o líquido cremoso.

Sentou-se na banqueta junto ao pequeno balcão — de frente para a janela que dava para a rua — e ali aguardou pacientemente, pensando em tudo o que queria ter e não podia. Toda vez que a bela figura dele aparecia na sua mente, ela a afastava com a desculpa de que precisava se focar na tarefa. Depois de lutar por uma hora e meia com os seus desejos — pelo juiz e pelo chocolate —, finalmente teve toda a atenção voltada para o menino. Às onze da noite, viu-o deixando a casa.

Ele era um alvo ambulante, com o cabelo platinado e o boné laranja de aba reta colocado no cocoruto. Já acostumada a seguir os outros, o *traficantezinho* não a notou sete passos atrás dele.

Andaram por uns quatro quarteirões até que ele entrou em

uma porta. Sete passos depois, ela leu o pequeno letreiro localizado acima da entrada: "*L'enfer*".

— Bem-vinda ao Inferno… — Uma jovem em um corselete vermelho, de coque e franjinha, com piercing no nariz e tatuagem em ambos os braços cumprimentou-a.

— Obrigada! Eu sabia que acabaria aqui. — Izzy respondeu ao pegar a comanda que a moça lhe estendia.

Ali, na escuridão, imersa em uma atmosfera atordoante, na qual um som bate-estaca tocava escandalosamente alto e uma pequena multidão dançava freneticamente, observou o menino em seu habitat natural.

Leopoldo bebeu mais do que alguém da idade dele deveria, divertiu-se baforando anéis de fumaça contra as luzes coloridas, dançou alucinadamente e, lá pelas três da madrugada, deixou o lugar trocando as pernas. Não satisfeito com o que já havia consumido, resolveu andar até um parque próximo.

O local havia sido abandonado pelo Poder Público. No passado, era um ambiente propício para crianças, idosos e famílias passearem; agora, era tomado por vagabundos e drogados. Não era local para ingênuos. Quem frequentava ali ia em busca do impróprio. Em cada banco, cada sombra, grupos de maltrapilhos, físicos e emocionais, juntavam-se para suprir suas necessidades.

Risadas fantasmagóricas e gritos cortavam a noite enquanto Izzy caminhava por entre canteiros descuidados. Lembrou-se daquele filme de terror com loucos fugitivos de um manicômio, que assistiu com Julia quando eram adolescentes e que a deixou diversas noites sem dormir. Viu também cenas de sexo explícito. O lugar era ponto de prostituição e muito procurado por quem queria um programa, mas não tinha muito mais do que trinta reais a oferecer. Izzy seguia o rapaz, rezando para que não testemunhasse nenhuma cena de prostituição infantil, do contrário, estragaria os planos daquela noite para ensinar que não há maior sordidez do que a exploração sexual de crianças.

Leopoldo, em busca de clientes, ou talvez de algo mais forte do que já havia consumido, distanciou-se do centro da praça, indo em direção às trilhas mais ermas.

Ela o seguia de perto sem ser notada. A iluminação pública era fraca na maioria dos trechos. Somado a isso, a existência de árvores frondosas tornava o lugar ainda mais escuro e, de certo, acolhedor para predadores. O que quer que acontecesse ali, somente as árvores testemunhariam.

Quando Leopoldo encostou em um dos troncos e acendeu um cigarro, Izzy se aproximou. Fingindo ser uma usuária em busca do vício, abordou-o.

— Oi! Preciso de algo, você tem? — gesticulava absurdamente e num tom desesperado.

— Balinha serve? Da boa! — O menino soltou uma baforada para o alto.

Izzy estendeu uma nota entre os dedos e em um movimento rápido prensou-o contra a madeira grossa, forçando seu antebraço esquerdo na garganta do rapaz. Com a mão disponível, tirou o cigarro dele, colocou-o na boca e soltou a fumaça bem na cara de Leopoldo para irritar a sua vista e dificultar ainda mais um possível reconhecimento.

Ele tossiu e comprimiu os olhos tentando protegê-los. Se ela forçasse um pouco mais o antebraço, mataria o menino.

A brasa incandescente brilhou na escuridão, era mais uma tragada. Com a mão direita livre, Izadora tirou o cigarro da sua boca, baforou novamente na fuça dele e jogou o fumo no chão. Apagou com uma pisada forte, para logo puxar do casaco uma lâmina de ferro e esfregar no rosto de bebê.

— Escute com atenção, moleque... — Passou a lâmina afiada pela bochecha lisa, ao mesmo tempo em que, acobertada pelo capuz, media o terror em seus olhos. — Você merecia morrer por todas as crianças que viciou e matou — sussurrou rouca pela raiva.

— Na-não... Por favor...! — o rapaz parecia ter recuperado a sobriedade.

— Cala a porra da boca! — forçou um pouco mais o braço. — Você tem sorte... não merece, mas tem. Ontem me disseram que todos são dignos de perdão, até merdinhas como você — cuspiu no chão. — Então, resolvi lhe dar uma segunda chance! Vá embora! Suma daqui! Endireite a sua vida em outro lugar! Se, no ano que vem, quando completar a maioridade, ainda estiver nessa, eu caço você… e aí, você vai conhecer a prima mais velha dessa belezura aqui — falava da *kunai* em seu rosto —, uma lâmina de setenta centímetros que faz um estrago enorme em poucos segundos.

Ela ouviu um pequeno barulho, como água pingando no solo, e percebeu pelo odor ácido que Leopoldo havia urinado nas calças. Sorriu satisfeita. Aquilo indicava que tinha conseguido atingi-lo.

— Agora corra e não olhe para trás!

O garoto saiu embolando os pés a ponto de tropeçar na calçada esburacada, para em seguida se levantar em uma velocidade digna dos melhores maratonistas e sair correndo igual a um louco, apesar das calças empapadas de mijo.

Izzy chegou em casa quase às cinco da manhã. Estava eufórica e morta de fome. Recebida na porta pelo outro predador que morava ali, beijou o gato e resolveu tomar um banho antes de comer. Precisava se sentir limpa e o dia tinha sido pesado demais, fazendo-a oscilar entre uma gama de sentimentos extremos.

Abriu a torneira quente do chuveiro e deixou a água acalmar o corpo, enquanto os acordes de "Be Yourself", do Audioslave, inundavam o banheiro. Aproveitou aqueles vinte minutos para deixar um pedaço do "Maníaco das Corredoras" marinando em um pouco de suco de limão para que amaciasse a carne dura. Odiava musculosos! Muito fibrosos… Mais um motivo pelo qual enfrentaria um encontro com o doutor Canavarro em menos de vinte e quatro horas. Se tudo desse certo, comeria maravilhosamente bem por várias semanas.

Acordou às oito da manhã. Havia dormido menos de três horas, mas a ideia de que naquela noite teria a chance de dar um fim merecido ao maior canalha que conhecera a fez acordar revigorada. Em vinte minutos estava deixando o apartamento carregando uma *case* de violão no ombro direito.

Desceu as escadas e deu de frente com a dona Vilma de pijamas e pantufas, com uma expressão meio abobada, que só enganava aos que não a conheciam.

— Bom dia, menina! Ouvi seus saltos baterem nos degraus. Está mais tranquila hoje? E o rapaz, já conversou com ele?

Izadora levou cerca de três segundos para se tocar de que a vizinha falava de Arthur.

— Ainda não, dona Vilma.

— Vocês precisam conversar, menina. Eu ameacei chamar a polícia ontem, mas tenho certeza de que ele não ia fazer nada contigo — disse de forma enfática. — Ele não é parecido com o *traste* do 202.

— Não tenho tanta certeza disso...

— Eu tenho, e por experiência. Ele estava irritado porque você não queria ouvir o que tinha para dizer e extravasou a frustração daquela forma.

— Dando um soco no beiral da minha porta — interrompeu Izadora. Não queria ouvir alguém defendendo Arthur.

— É, não é o jeito certo, mas quem nunca jogou um porta-retratos na parede ou um vaso no chão? Eu mesma já soquei a janela da cozinha quando era mais nova por causa de uma pia cheia de louças. — Mostrou uma pequena cicatriz de cerca de cinco centímetros no pulso direito. — Somos humanos, menina. Não nos julgue assim.

— Pois é, dona Vilma, exatamente pela questão da humanidade que eu espero tudo e qualquer coisa. — Despediu-se alegando um suposto atraso e se questionando se a mulher sabia da sua verdadeira condição. Não era a primeira vez que ela dava indícios disso.

E eu? Será que, por não ser mais tão humana, sou menos empática?

Izadora percorreu os quatro quarteirões até o metrô com esse pensamento na cabeça. O dia estava nublado, mas abafado, e isso piorava o seu humor. Quando saiu da estação, mensagens represadas pipocaram em seu celular, e no meio delas havia duas do Arthur.

Arthur: Me desculpa, por favor. Eu nunca encostaria um dedo em você. Me liga. Precisamos conversar.
Arthur: Me dá uma chance pra eu me explicar.

Optou por não responder.

Encarou o prédio envidraçado que se sobressaía em altura dos demais e enfiou os fones nos ouvidos. Desde sua ex-vida, a música era uma velha amiga. Abriu o Spotify e escolheu na sua *playlist* "Lo/Hi", do The Black Keys. Caminhou anonimamente no meio de um mar de gente que andava apressada para cumprir o expediente regular das nove às cinco, determinada a dar um ponto final em tudo naquela noite, custe o que custar.

Chegou ao escritório e experimentou um sentimento dúbio. Torcia para que o dia demorasse a passar, ao mesmo tempo em que desejava ardentemente dar fim ao homem que ilustrava tudo que ela abominava — e, de quebra, comer uns bons bifes. Só de imaginar que para isso precisaria se sujeitar a um encontro com ele, um sabor ácido bateu no fundo da goela.

Foi para a sala dos estagiários e deixou a *case* do violão apoiada na mesa que ocupava. Encontrou Maria Paula que, assim que a viu, abaixou os olhos para o relatório que mantinha sobre a mesa. Além dela, somente Miguel estava lá.

— Bom dia, Izadora! — saiu de trás do computador para cumprimentá-la. — Hoje o dia promete.

— Ah, é? Por quê?

— Você não está sabendo? O Arinelson, camisa sete do meu time do coração, vem aqui. Foi pego no *doping*.

— Sério? E você o curte mesmo sabendo que ele trapaceia? — Conversavam de uma mesa para a outra.

— E não é o que todos nós fazemos aqui? — questionou de forma franca. — Não damos jeitinhos para os clientes?

Quando Izadora se preparava para responder, o telefone da mesa tocou. Era o chefe solicitando a sua presença.

Atravessou dois corredores, passou pela sala de reuniões e viu Canavarro Filho reunido com mais três homens. Um deles se vestia de forma extravagante e ostentava um penacho descolorido no lugar do cabelo. Dois brincos de brilhantes completavam o visual.

Izzy bateu na porta da sala do *homem* e entrou. Um leve choque de temperatura foi o que a recebeu primeiro. Lá dentro deveria estar uns dezenove graus.

— Lindinha, novidades do caso Leopoldo. A Sra. Carolyna Bulhões ligou para agradecer. Está aliviada por tudo o que fizemos. Leopoldo Junior resolveu passar um tempo morando com uma tia, no interior. Deve ter percebido que escapou por pouco de responder a um processo criminal e ser internado em uma instituição para menores infratores. Nada melhor do que a corda no pescoço para provocar reflexões no moleque — riu, mostrando as lentes dentárias estranhamente brancas demais.

Levantou-se da cadeira de couro, circundou a mesa e se aproximou dela. O cheiro da loção de barba penetrava as suas narinas, indicando que Canavarro estava atrás dela.

Seu peito subia e descia num ritmo que denotaria a qualquer bom observador que vivenciava uma situação estressante. A boca seca foi o sintoma seguinte para, logo depois, gotículas de um suor gelado brotaram na testa.

Canavarro pousou os dedos roliços na sua cintura, enquanto afastava com a outra mão o cabelo da sua nuca. Ela sentia o mal-estar crescendo nas suas entranhas. Era o seu corpo gritando a plenos pulmões que não conseguiria cruzar *essa linha*. Um beijo no pescoço e uma mão acariciando a sua bunda quase colocaram tudo a perder. A vertigem queria socá-la a cara, mas ela não permitiria. Lutou para retomar o controle e o raciocínio. Para que o seu plano desse certo, precisaria adiar o contato.

— Doutor, no caminho para cá encontrei com o filho do senhor e ele o aguardava — mentiu. — Arinelson já está na sala de reuniões.

— Puta que pariu, eu tinha esquecido do grande Ari! Também, com uma bunda dessas na frente, fica difícil pensar em outras coisas. Lindinha, vamos acabar a nossa conversa mais tarde. Lá pelas nove da noite você me encontra aqui de novo.

Ele deixou a sala e as pernas dela fraquejarem. Apoiou ambas as mãos no encosto da cadeira e respirou fundo. Tinha algumas horas para dominar o asco que sentia toda vez que ele se aproximava demais, senão não conseguiria ir até o fim.

CAPÍTULO 19

A noite chegou, e com ela a proximidade do fatídico encontro.

A cada funcionário que ia embora, Izzy percebia o escritório cada vez mais vazio, e isso a fez se sentir como se fosse uma das poucas sobreviventes em uma terra desolada. Às oito e meia, o lugar parecia um deserto, com exceção da recepção, que mantinha uma das recepcionistas até as nove da noite. No mesmo horário, seu celular recebeu duas novas mensagens de Arthur perguntando se ela já tinha chegado em casa. Foram solenemente ignoradas. Esclareceriam as coisas mais tarde. Primeiro, terminaria com aquele pesadelo.

Perto da hora marcada, foi até o banheiro, jogou uma água no rosto e repetiu mentalmente dez vezes, olhando-se no espelho, que conseguiria cumprir o prometido. Sentia a ansiedade galopando à sua volta, avolumando-se como uma represa prestes a romper.

Quando faltavam cinco minutos para as nove, foi até a sua sala. Pegou a pequena bolsa e a *case* do violão e dirigiu-se para uma área reservada para a confraternização entre funcionários — o ambiente era composto por um sofá de dez lugares no formato de um "L" e uma mesinha de canto em cada uma das duas extremidades, e ficava próximo à sala de reuniões. Ali, sentou-se e aguardou os minutos que faltavam, tentando repassar o plano e segurar o nervosismo inédito — ao menos naquele grau. Sabia que o *sapo velho* era pontual. Às nove horas e dois minutos ouviu passos se aproximando. Tinha certeza de que era ele. Só podia ser… não havia mais ninguém no escritório.

— Porra, não via a hora de acabar a reunião com o Ari e começar a nossa… — disse aproximando-se dela com uma expressão que denotava suas intenções.

Imaginando que ele se sentaria ao seu lado, e com isso daria início ao abuso, Izzy se levantou.

— Está com pressa, amor? — Canavarro não desgrudava os olhos do corpo dela.

Uma das coisas mais podres da vida de uma mulher é ser chamada de "amor" por um homem que ela considera repugnante.

— Um pouco…

— Delícia ser desejado assim. — Ele a segurou pela cintura e colou a boca em seu pescoço.

Izadora prendeu a respiração. O homem subiu os lábios deixando um rastro de saliva na pele. Parou no lóbulo da orelha esquerda, deu umas chupadinhas e seguiu com a língua para dentro do ouvido. Foi o bastante para que ela se remexesse e afastasse a cabeça, alegando que tinham sido vistos pela suposta faxineira "que acabara de chegar e assoviava no corredor ao lado".

— Vamos para outro lugar! Tenho grandes planos para hoje!

Ela pegou suas coisas e saíram do escritório juntos. Desceram sozinhos no elevador os onze andares. Ali, surpreendentemente, ele não avançou o sinal de forma aberta — pousou a mão no final das suas costas, quase na bunda, enquanto falava putaria de baixo nível, crente que estava arrasando. A discrição, talvez, se devesse à existência de câmeras que transmitiam as imagens para o servidor localizado na portaria. Quem conferisse a cena não veria nada demais, apenas os dois lado a lado, conversando.

Izzy tinha vontade de degolá-lo ali mesmo. Era muito difícil, mais do que pensara, submeter-se às investidas dele até o momento propício para que o planejado desse certo.

Assim que a porta abriu, separaram-se.

Graças a Deus... preciso de um pouco de ar fresco longe desse porco.

Izadora saltou no térreo e passou pela portaria, como sempre fazia. Canavarro seguiu no elevador até a garagem. Tinham combinado de se encontrar na esquina.

Ela se posicionou em um ponto cego para as câmeras e aguardou, até que um Audi A6 bege metálico aproximou-se piscando os faróis de LED e parou ao seu lado. Supôs que fosse o advogado, mas era impossível enxergar dentro do automóvel, a película escura nos vidros impedia a visão.

A janela do passageiro desceu e acordes de saxofone voaram pelo ar.

— Entra. Põe o seu violão no banco de trás. — Canavarro ocupava quase toda a largura do banco do motorista e indicou a traseira com a cabeça. Ela abriu a porta de trás e colocou a bolsa e a case com cuidado em cima do banco. Bateu a porta e em seguida abriu a do carona, onde se sentou.

O carro era luxuoso demais. O painel imponente era intimidador, no sentido de lembrá-la que poucos poderiam comprar um carro daqueles. O banco de couro era espaçoso e macio, mais confortável do que o pequeno sofá de espuma da casa dos pais. O ar-condicionado ligado em 21 graus mantinha o ambiente fresco e, segundo o painel inteligente, a música de elevador era cortesia do *Kenny G*.

Mal ela se sentou, o advogado chapou a mão em seu joelho. Não precisaria muito dela, o veículo era automático. Ele subiu alguns centímetros até deslizar para a parte interna da coxa. Claramente intentava alcançar a virilha e entrar na sua calcinha.

Izzy agarrou a mão rechonchuda e deu pequenos beijos nos dedos. Depois lambeu o indicador e o dedo do meio bem devagar. Passava a ponta da língua nas falanges para ganhar tempo. Um gosto azedo de pele tomou conta da sua boca, e a ânsia de vômito deu um tchauzinho só para lembrá-la de que estava por perto. Agiu para impedir que ele a violasse. Se conseguisse enfiar os dedos roliços nela, Izadora reagiria violentamente e os dois acabariam com a cara no primeiro poste, metade do corpo atravessado no para-brisa, nadando em estilhaços.

Canavarro mantinha a postura relaxada e sorria de um jeito mole. Estava funcionando! Izzy enfiou o indicador na boca e chupou o dedo grosso, como se saboreasse um picolé enquanto exigia que seu autocontrole a impedisse de regurgitar.

O homem gemeu.

— Se você continuar, vou acabar gozando aqui mesmo... Aahhhhhh, caralho, que delícia!

Se ela soltasse a sua mão, com certeza ele avançaria o sinal. Retomou os pequenos beijinhos para aliviar a tensão sexual, ao mesmo tempo em que mantinha a mão dele sob controle.

O telefone celular do advogado tocou. Em uma tela no painel do carro brilhava o nome "Leleca". Canavarro pediu que Izadora o soltasse, alcançou o fone de ouvido no *dispenser* e aceitou a chamada.

— Amorzinho, está tudo bem? — olhou para a passageira e levou o indicador em riste aos lábios. Voltou a olhar a estrada. — Você foi na sua consulta hoje com o Leopoldo Andrade? Ah, Leleca, você está ótima assim, para mim não precisa fazer *lifting*, mas se quer muito, fazer o quê... Que horas eu chego hoje? Esqueceu, querida? Hoje é dia do nosso acordo, lembra? Você disse que não se importava com as minhas noitadas se fizessem o seu maridinho feliz... Vou para a chácara e volto amanhã de manhã. Podemos almoçar juntos depois do seu tênis... Ah, que pena, esqueci que você tinha almoço marcado para organizar o bazar... Se ela está ouvindo a nossa conversa? Não, claro que não. Ainda vou pegar a moça no caminho para a serra... Sim, está bem, amanhã jantamos juntos... Um beijo, querida. Tchau — levou o dedo à tela e desligou.

— Então, vamos para a serra?

— Vamos para a subida da serra. Leva cerca de uma hora de carro, mas já estamos na metade do caminho. Tenho uma chácara afastada que uso quando quero privacidade. Vamos nos divertir muito. — Canavarro mirou as coxas dela. — Só vou interromper a nossa brincadeirinha porque não quero chegar todo melado. A minha ideia é nos divertirmos a noite toda com a ajuda do *azulzinho*.

Na outra parte do caminho, ele contou sobre a sua vida familiar. Era um homem casado há trinta anos. Sua esposa tinha cinquenta e oito e passava o tempo entre viagens, cirurgias plásticas, compras e os bazares beneficentes que organizava, mas ela mesma nunca doava nada. Era uma mulher de temperamento fútil e forte. Não se importava com as escapadelas do marido, contanto que fossem discretas. Fizeram esse acordo porque há muito não se relacionavam mais. Ela aceitava que ele dormisse com outras, porém desconhecia que eram moças mais jovens, muitas empregadas no escritório ou às quais era apresentado através dos clientes.

— Não sei por que lhe contei tudo isso — falou encerrando a conversa assim que encostaram o carro no portão da chácara.

Acionou a abertura do portão, que lembrava a porteira chique de uma fazenda, através de um pequeno controle remoto guardado no porta luvas.

A noite estava um breu. Apesar de estarem no interior, com menos poluição e sem iluminação artificial, Izadora olhou para o céu e não conseguiu divisar as estrelas. A lua também estava encoberta. O caminho feito de pedra na largura das rodas de um carro era iluminado apenas pelos faróis do Audi. O automóvel percorreu cerca de duzentos metros e parou em frente à casa.

— Chegamos — bateu palmas. Canavarro deixou os faróis ligados e apontados na direção da porta de entrada, para em seguida saltar e destrancar o imóvel.

Bom, é agora! Izzy puxou o ar com toda a sua força e saltou. Abriu a porta traseira e pegou suas coisas. Enquanto dava os doze passos que a separavam do início do fim de sua jornada, percebeu um silêncio absoluto no ambiente, como se o local fosse desprovido de vida. Permitiu que as trevas se apoderassem do seu coração e prometeu a si mesma que apenas um deles sairia por aquela porta.

Desde o dia anterior, Arthur tentava falar com ela. Não queria que Izadora tivesse uma impressão errada dele. Sabia que era sua a culpa da imagem equivocada, e que, possivelmente, tudo estaria acabado — antes até de começar direito — mas desejava muito se desculpar e esclarecer as coisas.

Estava arrasado pela probabilidade de não ficarem mais juntos. Tinha certeza de que os dois haviam se entregado e sido sinceros naquela noite em que transaram — uma mulher pode fingir o orgasmo, mas não consegue disfarçar quando está apaixonada. Izadora estava. Permitiu-se cair no sono abraçada a ele e, em alguns momentos, balbuciou o seu nome, o que foi um motivo de enorme surpresa e íntima felicidade. Isso era um indício!

Acreditando — ou querendo acreditar — na paixão correspondida, ele insistiu com as mensagens e ligações, todas ignoradas. Envolto em um furacão de sentimentos — raiva, frustração, receio — resolveu que depois do trabalho passaria *no clube*, colocando em risco todo o avanço que tivera na terapia.

Arthur deixou o prédio do Fórum por volta das sete da noite e pegou o trânsito para outra região do centro da cidade. Era um lado que reunia pés sujos e prédios velhos e malconservados, um comércio raiz, uma porção obscura e decadente do centro, mas na qual ele se sentia bem à vontade.

Ligou a seta do carro indicando que dobraria a esquina e entraria na rua do clube. No ponto da via pública que o obrigaria a fazer a manobra, mudou de ideia e prosseguiu na principal. Visitaria outro lugar naquela noite.

Assim que Izadora pisou na sala, Canavarro fechou a porta e a agarrou por trás. As mãos, como um míssel teleguiado, foram direto para os seios, ao mesmo tempo em que enfiava o nariz em seu pescoço.

— Caramba, que gostosa. Vem cá, quero sentir você.

— Calma, doutor, temos a noite toda… — disse, empurrando as patas e afastando-se dele. — Deixa eu me ambientar primeiro, e enquanto isso você toma o seu remedinho.

O advogado concordou e foi até a cozinha buscar um copo d'água.

Olhando ao redor daquele cômodo enorme, decorado com móveis de madeira robustos e antiquados, tapeçarias com paisagens rurais e tapete de couro de vaca — típico mobiliário de velhas fazendas — Izzy pensou em quantas mulheres o desgraçado havia abusado ali.

O homem retornou sem o paletó e de braguilha aberta. Havia afrouxado a gravata e puxava a blusa social de dentro da calça, enquanto caminhava até o sofá de couro. Sentou-se para retirar os sapatos.

— Senta aqui comigo — bateu a mão no assento ao seu lado.

— Espere aí, doutor, preciso de alguma coisa para me soltar. É que sou noiva e sempre fui fiel. Sem um incentivo não vou conseguir. — De certa forma, ela havia falado a verdade. — Vi que você tem ali no canto um bar. Posso me servir de uma bebida?

— Minha filha, pode beber o quanto você quiser, contanto que você trepe em mim. O azulzinho já está querendo fazer efeito.

Izadora foi até o bar e serviu dois uísques sem gelo. Olhou para os lados procurando o advogado. Precisava ter certeza de que estava ali sozinha. Canavarro estava na outra ponta da sala. Fechava uma das duas portas de um compartimento que ficava no meio de uma grande estante de madeira rústica, com prateleiras acima e abaixo recheadas de livros. Vestia apenas a cueca.

Vou aumentar a dose, esse homem precisa apagar rápido. Retirou de dentro do sutiã um pequeno vidro amarelo-amarronzado. Desenroscou a tampa e pingou dez gotas em um dos copos, mantendo-se atenta a qualquer aproximação. Mexeu o líquido com os dedos e guardou o vidrinho entre os seios.

Entregou a ele a bebida batizada e sentou-se ao seu lado, mas mantendo uma almofada de distância.

— Não posso misturar bebida, minha linda... — colocou o copo na mesinha lateral.

Izadora levantou-se e pegou o drinque, depois ajoelhou-se no chão entre as pernas dele.

— Você quer que eu te chupe? — abriu um pouco a boca e passou a ponta da língua no lábio de cima.

O homem deu uma cutucada na cueca.

— Porra! Que que você acha?

— Então bebe só um pouquinho, é tão chato beber sozinha. — Apoiou um braço no peito dele, e o serviu na boca, fazendo biquinho.

— Só um pouquinho... — Ele deu três goles e afastou o copo. — Põe o copo ali e sobe logo em mim! Meu pau já tá duro.

Ela tirou o copo da mão dele e deu uma golada. Não engoliu o líquido. Ficou de pé e se inclinou sobre ele. Beijou Canavarro, derramando a bebida com o remédio, enquanto sentia a língua inchada e porosa mexendo como uma jiboia gorda dentro da sua boca.

— Porra, lindinha! — Ela interrompeu o beijo assim que as bochechas se esvaziaram. — Tá querendo me matar?

— Desculpa... é muito tesão.

Izadora fez menção de que ia se levantar, mas ele não permitiu. Pegou seu braço com força e a puxou para perto de novo. Ela parou a milímetros dos lábios dele. O hálito era horrível, uma mistura de bebida e meias sujas.

— Se você tá piscando, para de enrolação e senta no meu p... — ela interrompeu a frase dando-lhe um selinho.

— Deixa eu te fazer uma surpresa? Você gosta de um showzinho? — Precisava ganhar tempo para que o remédio fizesse efeito. — Vou dançar para você — concluiu encostando o seu indicador nos lábios do advogado e fazendo uma cara safada.

A promessa de vê-la rebolando seminua na sua frente deu certo. Canavarro a soltou. Izzy deu alguns passos até a sua bolsa, pegou seu celular e sua *JBL Go*. Clicou na sua lista de músicas e selecionou "Do not disturb", do Halestorm. A música tinha um pouco mais de três minutos, teria que servir.

Antes de começar, aproveitou que estava de costas para ele e retirou o vidro com o sonífero de dentro do sutiã, para logo em seguida enfiá-lo na bolsa. Com os primeiros acordes da melodia, deu quatro passos na direção do *velho sapo* e começou a dançar vagarosamente. Passou as mãos pelo corpo e puxou a camiseta de dentro da saia lápis. No ritmo da música, agarrou as pontas da blusa e fingiu, por duas vezes, que a tiraria, levando Canavarro ao delírio. Na terceira vez, puxou a camiseta pela cabeça, proporcionando a visão dos seus seios em um sutiã rendado meia-taça.

O homem a olhava vidrado, ao mesmo tempo em que arriava a cueca até os pés para em seguida chutá-la longe.

— Caralho, menina... Se eu tivesse visto isso antes, nem precisaria de remédio. Quero gozar no meio dos teus peitos. — Sentado nu no sofá, a barriga protuberante caía por cima dos genitais, poupando Izzy da visão do que seria o verdadeiro Inferno.

Ela continuava rebolando no ritmo da música. Enquanto passava os dedos no cós da saia e brincava com o zíper, percebeu que Canavarro começara a piscar repetidamente e a olhá-la com um olhar desfocado. *Quase lá...*

Decidida a enrolar um pouco mais, juntou as duas mãos para trás e se virou de costas. Observando-o por cima dos ombros, abriu o zíper da saia, fazendo-a deslizar vagarosamente pelo corpo com o movimento da dança. Com a peça de roupa no chão, apareceu uma calcinha toda rendada, estilo shortinho.

Canavarro parecia hipnotizado, mas o olhar mal se sustentava, até que tombou a cabeça para trás.

Finalmente! Estava vendo a hora em que teria que matá-lo antes que a tomasse à força.

Ela caminhou até o celular e fechou o aplicativo. O som cessou. Em seguida, foi até o sofá conferir se o canalha estava mesmo apagado. Os olhos fechados, a boca aberta e o pescoço pendendo para trás do encosto não deixaram margem para dúvida. Intrigada desde a hora em que o tinha visto mexendo na estante, resolveu ir até o móvel para descobrir o que tinha ali.

Ao abrir as duas pequenas portas de madeira talhadas, deu de cara com a imagem dela na tela de um iPad. O filho da puta tinha uma câmera embutida em alguma parte da sala. Provavelmente, gravava os seus abusos sexuais para mais tarde assistir como se fosse um "ótimo pornô".

Havia uma quantidade considerável de CDs. *Nossa, CDs! Há quantos anos o desgraçado tá nessa?* Desligou o *tablet* e passou a futucar as mídias. Podia apostar que ele tinha todas as meninas gravadas ali. Percebeu que os CDs eram catalogados por letras do alfabeto. Aquilo era uma prova importantíssima.

— Desgraça… — um forte empurrão a fez bater com a cabeça no móvel e enxergar pontinhos pretos. Ela mal cambaleou, e sentiu uma pressão na cabeça. Dedos grossos haviam se embrenhado na base do cabelo e puxavam o couro cabeludo, tornando-a uma marionete. Ele a carregava para onde quisesse e a forçou contra a estante. — Sua piranha! Quem mandou mexer nas minhas coisas? — Canavarro pressionava contra as costas dela algo duro e frio. — Foi o Alberto? Fala! Eu sempre achei estranho esse negócio de você trabalhar para mim. Fala, puta! O Alberto estava desconfiado?

Pelo canto do olho, Izadora mirava a sua bolsa. Se ao menos conseguisse alcançá-la…

— Você não vai sair daqui tão cedo, entendeu, vadia? — A raiva estava tão presente quanto os dois naquele cômodo. — E, já que viemos nos divertir, por que não continuar de onde paramos?

Com o objeto pontudo que ele portava na direita, manteve Izzy imóvel, e com a mão livre puxou para baixo a sua calcinha.

— Vou meter em você, e você vai gostar tanto que vai me implorar para continuar… — Agarrou a raiz do cabelo, forçando-a contra o móvel. — Abre mais as pernas, anda!

O desespero gritava em seus ouvidos.

Com as lágrimas embaçando a visão, olhou para as prateleiras da estante procurando algo que pudesse ser usado para lutar e impedir que ele a subjugasse. Tentou alcançar com as pontas dos dedos um dos códigos que pareciam mais pesados, e ao sentir — como Julia uma vez sentira — a carne melada roçando na polpa da bunda, decidiu que não se entregaria. Preferia descobrir se existia morte para ela a ser estuprada por ele.

Orando em silêncio, pediu perdão por tudo aquilo que havia feito de errado. Contaria até três e depois arquearia as costas, forçando o corpo contra o objeto pontudo e frio que sentia na altura do pulmão. Talvez merecesse uma morte rápida.

Um... dois... Respirou fundo e olhou para cima. Trê...

O punhal bateu no piso e a pressão na cabeça aliviou. Canavarro tinha afrouxado a mão que mantinha fechada em um bolo dos seus fios loiros e agora empurrava Izzy contra a madeira grossa. Ela, no entanto, ainda presa, fora carregada junto com ele, na medida em que tombavam de lado, acabando estatelados no chão.

Confusa e assustada, empurrou-o, na tentativa de tirar parte do seu corpo debaixo daquele peso e, ao se apoiar sobre os dois braços estendidos, virou-se para trás.

Arthur, branco como um fantasma, carregava em uma das mãos uma pasta, e na outra um castiçal de prata.

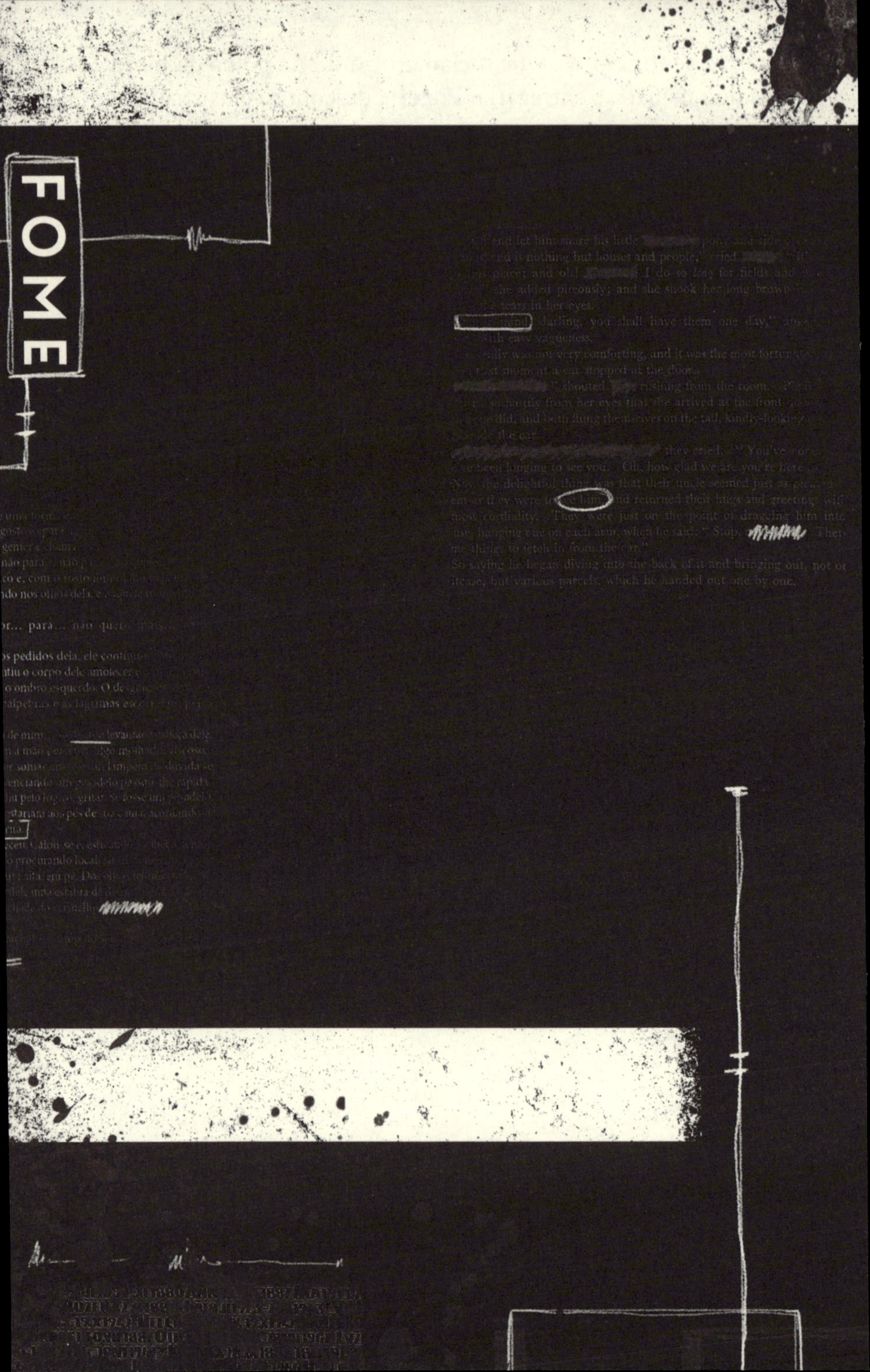
FOME

CAPÍTULO 20

Ele não podia acreditar naquele *déjà-vu*.

Os joelhos arriaram e Arthur tombou no piso de cerâmica polida. Viu, como em câmera lenta, Izadora saindo debaixo do advogado, puxando a calcinha rendada enrolada nos tornozelos e levantando-se para vir ao seu encontro.

— Arthur, Arthur... — ele a via mexer a boca, mas não escutava a sua voz. Olhava, confuso, para o rosto dela, exatamente para a marca vermelha deixada pelo contato com a estante. Era como se ele estivesse ali, sem que, de fato, estivesse totalmente. Sentia-se envolto em uma névoa, com o tempo fora do seu compasso normal.

Ela se levantou e voltou com um copo quase pela metade com um líquido amarelo dentro.

— Bebe, Arthur... bebe tudo em um gole só — pegou com a blusa o castiçal da mão dele ao mesmo tempo em que entregava a bebida.

Ele obedeceu e virou o copo. O líquido desceu quente pela garganta. Percebeu que aos poucos o calor voltava à face, juntamente com a razão.

— Ele está morto? — perguntou enquanto a via limpar o objeto, para em seguida colocá-lo em cima da mesa de jantar, junto ao par. Tinha receio da resposta.

Izadora foi até o local onde Canavarro estava caído, agachou-se e colocou dois dedos na jugular para medir a pulsação.

Arthur aguardava a resposta com expectativa. O coração parecia estar batendo no peito e dentro da têmpora.

— Está, sim.

— Caralho... — Passou as mãos pela cabeça.

— Vem, Arthur, senta aqui — Izadora pegou a pasta da mão dele e conduziu-o até o sofá.

Sentaram-se um ao lado do outro e ela pegou na mão dele.

— Você não tinha o que fazer. Você viu que ele ia me estuprar, então você não teve culpa. Fez o que fez para me salvar. — Parecia aflita para que ele entendesse isso.

— Eu sei — disse se dando conta, pela primeira vez, de que ela ainda estava de sutiã e calcinha, e enquanto desabotoava a blusa social para cobri-la, percebeu como a amava, e que, se precisasse, faria tudo novamente.

— Como você veio parar aqui?

Ele abaixou os olhos, envergonhado.

— Eu segui você. Olha, na verdade, se eu não explicar vai parecer meio estranho, principalmente por causa do que aconteceu na última vez em que nos vimos. Então, por favor, me escute...

— Eu devia estar muito puta da vida — suspirou. — Mas só de pensar no que teria acontecido se você não tivesse aparecido... — Interrompeu a fala por poucos segundos, engolindo a seco. — Tenho todo o tempo do mundo para a sua explicação — apertou a mão dele e sorriu um sorriso triste. — Depois, precisamos dar um fim nisso. — Indicou com o movimento da cabeça o corpo de Canavarro.

— Bom... — Ele contraiu a boca. — Eu segui você porque precisava justificar o meu comportamento da noite anterior. Sei que foi um comportamento horrível. — Abaixou os olhos, arrependido. — Mas, infelizmente, ele tem uma razão, e grande parte dela está nessa pasta. — Levantou o rosto e a encarou com as janelas da alma. — Estou pronto para me abrir totalmente contigo, falar sobre o que me atormenta à noite, o que me tornou esse cara que parece normal, mas é um puta fodido e, se depois de tudo, você não quiser mais olhar na minha cara, eu vou respeitar, por mais que me doa pra caralho.

Ela o ouvia, enquanto passava as pontas dos dedos nas suas costas, em uma espécie de incentivo.

— Eu estava tão desesperado por essa oportunidade de me abrir contigo, depois de tantos anos fechado para todas as outras pessoas que tentaram se aproximar, que pela sua falta de respostas, sem pensar direito e num impulso, fui até o seu apartamento. Lá, a dona Vilma me falou que você não tinha voltado ainda... e já eram oito da noite. Fiquei preocupado! — Tinha dor na sua voz. — Resolvi, então, ir até o endereço do escritório do Canavarro, e por não saber como você me receberia, preferi esperar você sair. Aguardei dentro do carro estacionado na esquina e tive uma das maiores surpresas da minha vida quando te vi entrar no carro dele... — Ele a encarou e ambos sustentaram o olhar. — Izadora, você não tem ideia de como estranhei aquilo. Era perceptível que você odiava o homem, então um monte de coisa passou pela minha cabeça: que você estava sendo forçada por algum motivo, que ele ameaçou você a entrar no carro, enfim... e acabei seguindo vocês até aqui. Parei o carro em uma estrada próxima, para não chamar a atenção, e segui o caminho a pé. Quando me aproximava da varanda, ouvi uns barulhos estranhos e entrei na sala sem pensar, e vi aquela cena horrível dele quase estuprando você.

— Obrigada! — ela o abraçou. — Se não fosse você, provavelmente eu não estaria mais aqui — concluiu com os olhos marejados.
— Não precisa me mostrar nada...

— Mas eu quero! Pode abrir a pasta.

Izadora tinha em seu colo o segredo de uma vida. Passou a mão pelo plástico duro, retirou o elástico, deu um pesado suspiro e abriu.

*****

Tinha combinado de encontrar com ele na festa. Segundo a galera da turma, já era tradição dos alunos do colégio Marista São Roque comemorarem o feriado da Páscoa com um festão. Não pelo cunho religioso, mas para aproveitar o feriadão. Naquele ano de 2004 tinham combinado na casa do João. Seria a sua primeira, um dos motivos por estar animada. O outro motivo era porque, justamente naquele dia, fazia um mês e meio que estava namorando com Arthur, e queria aproveitar a noite para comemorarem de um jeito especial.

Tinha conversado com as melhores amigas, Bia e Rafa, que deram a maior força para que ela seguisse com os seus planos.

Chegou na casa e o lugar estava cheio. João havia concentrado o pessoal na sala e na área de lazer em volta da piscina. Tinha gravado alguns CDs com as músicas preferidas do pessoal e estava tocando "American Idiot", do Green Day. A maioria dançava animada, e ela, curtindo a música, abraçou as duas melhores amigas para que pulassem juntas. Algumas músicas depois, ficou com sede e foi buscar um refrigerante, mas alguém — de quem ela não se lembrava — ofereceu um suco, que mais tarde soube (não sem antes beber pelo menos quatro copos) que era *gummy*, uma mistura de vodka com gelatina.

Dançava *meio alegrinha*, aproveitando o efeito, quando Bia a cutucou.

— Olha lá, Malu... o Arthur chegou — a amiga indicou com um movimento de cabeça. Começaram a rir diante do que ela pretendia.

Ele estava lindo. Não soube definir, mas havia alguma coisa diferente. Um *tchan* a mais. Achou ser o cabelo, depois a roupa arrumada, mas quando o agarrou pelo braço, entendeu que era um conjunto de coisas: uma mistura de excitação pelo que ela faria — nunca tinha sido a primeira de um menino — junto com a paixão e o álcool.

— Oi, gato! — Ela abriu um sorriso.

— Oi... — Ele a olhava de um jeito engraçado, talvez porque ela estivesse um pouco *alta*.

— Não vai me beijar? — questionou com as mãos na cintura, achando graça.

— Claro... — ele abaixou e deu-lhe um beijo na bochecha.

— Aí não, né, engraçadinho! Na boca! — Malu se pendurou no pescoço dele e tascou um beijo daqueles de novela, que só foi interrompido porque algumas pessoas que dançavam de forma mais animada esbarraram no casal. — Vamos sair daqui... — pediu puxando-o pela mão.

Ela passou pelo dono da festa, que lhe lançou um olhar encorajador e deu um tapinha no ombro do menino, permitindo que eles fossem para algum outro cômodo da casa. Malu o conduziu até o escritório do pai do João e, assim que entraram, ela fechou a porta.

O quarto tinha um bom tamanho para a sua função. Na parede transversal à porta, havia um sofá de três lugares. No lado oposto, estantes com livros. De frente para a entrada, havia uma janela, protagonista da única luz do ambiente, e uma escrivaninha, local de trabalho do delegado da cidade quando não estava de plantão.

A música alta ainda podia ser ouvida do pequeno quarto. Não seriam interrompidos. Embalados pelos acordes de "I was made for lovin' you", do Kiss, e escorados pela porta, agarraram-se de forma intensa, como geralmente fazem os adolescentes apaixonados. Ela, mais experiente e decidida, conduziu-o para o sofá.

— Eu queria te fazer uma surpresa hoje — falou entre beijos, para logo em seguida subir o vestido, que já era curto, e arriar as alças, mostrando os seios.

Diante da falta de reação dele, riu sem graça e puxou a sua mão, pousando-a sobre o mamilo intumescido.

— Aperta de leve... é assim que se faz, como se massageasse... — Ensinava, enquanto dava pequenos beijos no pescoço do namorado. — Não precisa ficar com vergonha ou nervoso, tá? Vem... — chamou-o, recostando-se no braço esquerdo do sofá, ao mesmo tempo em que sinalizava com a mão para que ele se deitasse por cima dela.

O jovem obedeceu, enfiando o rosto na região do pescoço, logo abaixo da orelha.

Ela começou a se mexer e ele a acompanhou. Esfregavam o corpo um no outro, porém ainda vestidos. Até que ela afastou a calcinha e ele abriu a braguilha da calça. Tomados pela excitação, iniciaram o ato.

Ele entrava e saía de uma forma que não parecia inexperiente, na verdade, estava até gostoso para a primeira vez de alguém, a ponto de ela começar a gemer e chamar por ele.

— Ahhh, Arthur... não para... não para... tô quase...

Ele levantou o tronco e, com o rosto iluminado pela luz que vinha de fora, olhou fundo nos olhos dela, e naquele momento ela soube. Ela entendeu.

— Para, por favor... para... não quero mais... para! — choramingou.

Sem dar ouvidos aos pedidos dela, ele continuou, até que de repente parou. Malu sentiu o corpo dele amolecer e a cabeça pender entre seu pescoço e o ombro esquerdo. *O desgraçado deve ter gozado.* Destravou as pálpebras e as lágrimas escorreram pelos cantos dos olhos.

— Anda! Sai de cima de mim... — Tentou levantar a cabeça dele. Ao tocar o cocoruto com a mão percebeu algo molhado, viscoso.

A confusão e o temor somaram-se e um lampejo de dúvida se estaria consciente ou vivenciando um pesadelo passou-lhe rapidamente pela mente. Decidiu pelo lógico: gritar. Se fosse um pesadelo, seus pais, em segundos, estariam aos pés de sua cama, acordando-a.

— Xiu! Malu, não grita.

A menina obedeceu. Calou-se e, esticando a cabeça, tentou mirar o pequeno cômodo procurando localizar de onde vinha a voz conhecida. Viu a sua figura alta, em pé. Dos olhos felinos transbordavam mágoa, e na mão dele uma estátua da deusa Themis, pintada em dourado, estava manchada do vermelho mais intenso que já vira em toda a sua vida.

Arthur acabara de rachar o crânio do seu irmão gêmeo, Bernardo, e ele estava morto.

Ao terminar a leitura, Izadora pousou as folhas que continham o depoimento de Maria Luíza no colo. Poderia ter imaginado qualquer coisa, menos aquele drama pesado. O passado de Arthur era tão sofrido ou mais do que o dela. Agora entendia por que ele precisara tanto de companhia quando teve que liberar Ariel Gurgelim, e sentia-se péssima por tê-la negado. As peças do quebra cabeça começavam a se encaixar e muita coisa passava a fazer sentido.

Olhou para Arthur sem saber o que dizer, e se deu conta de que ele, de certa forma, vivenciava tudo aquilo de novo. Se soubesse que a sua vingança, ou justiça, o levaria a passar novamente pelo mesmo trauma, teria abdicado dela.

O silêncio foi quebrado.

— É... a verdade é essa... — Passou as palmas das mãos pelos olhos, levando-as até a altura da boca, para finalmente juntá-las como se estivesse orando. Claramente buscava forças para continuar. — Matei o meu irmão porque ele se passou por mim e estuprou a minha primeira namorada. Na verdade, primeira e única. — Estava com uma expressão cansada, mas parecia querer desabafar, então Izzy não o interrompeu. — Fui defendido pelo Canavarro sem sequer conhecê-lo. O pai da Malu o contratou. Naquela época, eu estava tão atordoado com tudo, e era tão novo, que não me liguei nessa parte de Lei e Processo. Só vim de fato a conhecê-lo, ele e seus métodos, muitos anos depois, já juiz.

— Me desculpe por pensar mal de você.

Ele balançou a cabeça.

— Eu mereço. Mereço que pensem tudo de ruim de mim... — suspirou. — Porque eu senti alívio.

Ela identificou sofrimento em sua voz. Devia ser muito difícil se desnudar dessa forma para outra pessoa.

— Matei o meu próprio irmão e fiquei aliviado. — Silenciou por alguns segundos, ao mesmo tempo em que a encarava, como se buscasse alento nas profundezas dos seus olhos. — Por um tempo eu gostei, acredita? — Riu uma risada melancólica. — Gostei de não ter mais que competir, de não ter com quem ser comparado o tempo todo — suspirou. — Até que percebi que havia me enganado, e que minha mãe, além de fazer da nossa casa um santuário para ele, o tinha elevado à categoria de um deus, a porra de um deus! E essa competição seria impossível de ser ganha.

— Arthur, eu sinto muito, de verdade — Izzy passou o braço esquerdo pelo ombro dele para transmitir-lhe apoio.

— E aí, depois do alívio, veio a culpa. A merda da culpa com a qual eu convivo todos os dias. Acordo, levanto e me deito com ela. Isso me fez afastar todo mundo que eu podia ter na minha vida, Izadora… — Fitava-a passeando o olhar pela face dela, partindo dos olhos e indo até a boca, para em seguida retornar o caminho. — Menos você. — Tocou o rosto de traços delicados, ainda marcado pela recente agressão. — E eu não sei o porquê. Só sei que você chegou e arrasou com todas as minhas defesas. Fez com que eu descumprisse a promessa de nunca mais me envolver com alguém. Eu fui ferido pra caralho e feri, na mesma intensidade, a primeira pessoa que realmente amei. Passei muito tempo com uma dúvida que me atormentava… Se a Malu realmente achava que era eu… A gente era quase igual, mas além do temperamento, o Bê tinha os olhos menos puxados e a cor era mais para o castanho claro.

Arthur desviou o rosto e passou a mirar o chão, num ponto qualquer do assoalho. Parecia mergulhado em suas lembranças, lutando com os próprios demônios.

— Nos meus momentos mais sombrios, eu achava que ela sabia.… Isso tudo me tornou um homem solitário.

Izadora tocou a bochecha dele, fazendo delicadamente com que Arthur voltasse a encará-la, e passou as costas dos dedos repetidamente pela barba rente. Queria acalentá-lo, pegá-lo no colo, lamber suas feridas, mas precisava fazer uma pergunta, e não queria fazê-lo sofrer ainda mais.

— Você, naquele dia, falou que alguém importante perdoou você.

— Sim, a minha mãe me perdoou — a voz saiu embargada —, mas ficou um vazio, sabe? Um espaço que nada nem ninguém consegue preencher, nem mesmo eu, que lembro dele o tempo todo. Ela faz tratamento psicológico até hoje, e aquela última viagem que fiz foi para socorrê-la. Ela teve uma recaída das brabas e tomou alguns calmantes a mais.

— Meu Deus, Arthur! Eu sinto muito! E, agora, tudo de novo. Peço perdão por colocar você nessa posição. — Ela jogou os braços em volta do pescoço dele, sinceramente arrependida.

— Izadora, quando eu o vi, nu, atrás de você, forçando a sua cabeça contra a grossura daquela madeira e senti a sua agonia, não pensei duas vezes. Mataria mil vezes, se precisasse.

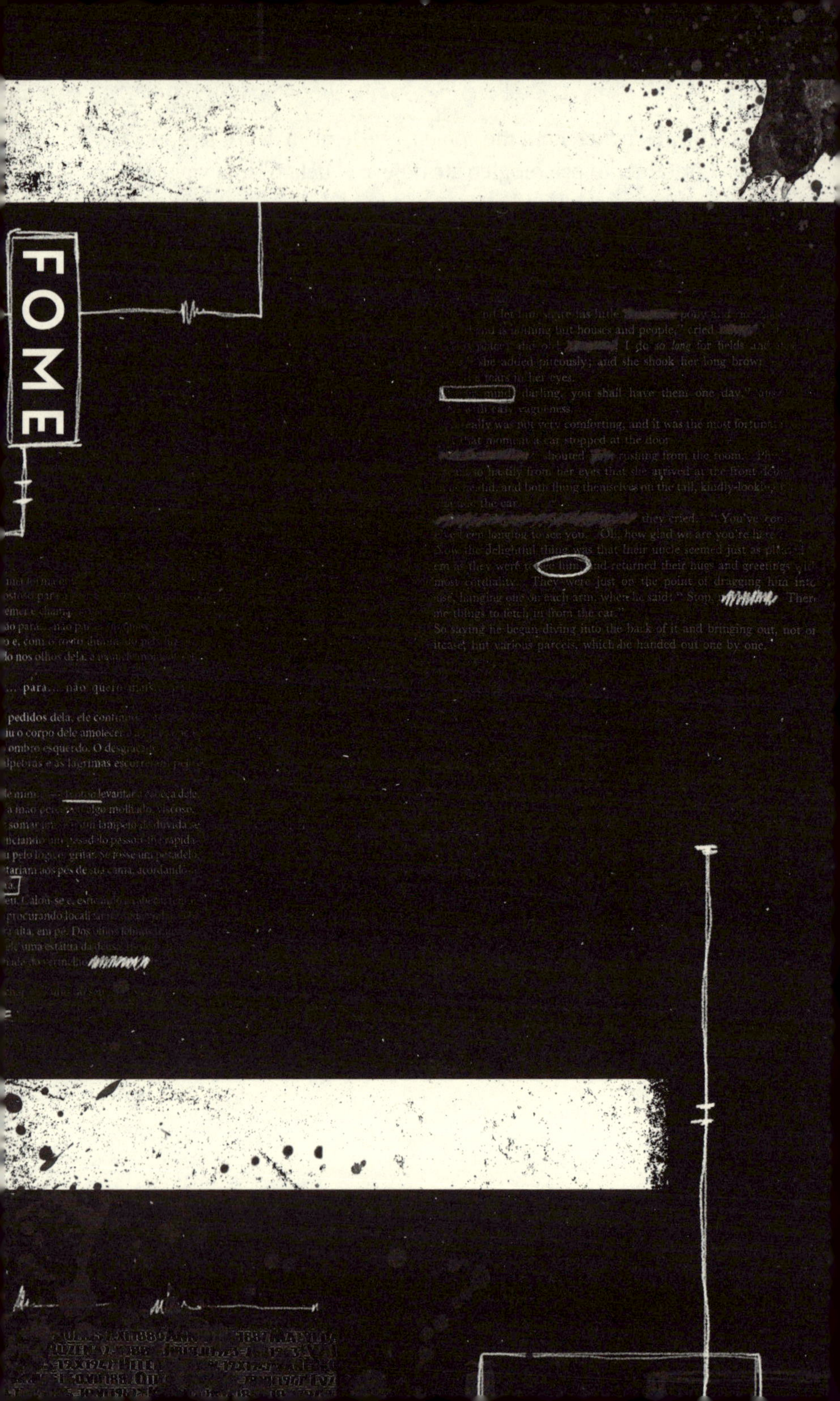
FOME

CAPÍTULO 21

Apenas um filete vermelho tinha escorrido da ferida, deixando uma pequena poça no chão até que o sangue coagulasse, concluiu Izzy, enquanto observava junto com Arthur o corpo do advogado.

— Precisamos chamar a polícia — ele argumentou.

— E dizer o quê? Que Canavarro ia me estuprar e depois me matar, e você me salvou?

— Foi legítima defesa de terceiro. Exatamente!

Eles debatiam em pé ao lado do homem.

— Arthur, meu amor, presta atenção — tocou no queixo dele. — Trabalhei no escritório desse monstro. Vi como ele atua… Não se engane, nem todos são como você! O cara tem os seus tentáculos espalhados pelos campos e setores mais diversos. O sistema é corrupto, você sabe disso!

— Mas as coisas estão mudando, as instituições estão sendo cobradas, os corruptos terão cada vez menos espaço.

— Eu admiro você pelo seu idealismo e pela sua honestidade. Foram dois dos motivos pelos quais me apaixonei por você… — Ela corou de forma quase imperceptível, e ele arregalou os olhos verdes diante daquela confissão inesperada. — Mas não dá pra ser puritano agora. O sistema todo está sendo reformulado com muita lama para ser remexida ainda, e você tem muito a perder.

— Eu não me importo, posso começar do zero.

— Não é isso. Já pensou que uma condenação sua pode colocar em xeque todas as sentenças que você já deu? Imagina o prejuízo disso? Já pensou nos processos em grau de recurso? E o seu passado desenterrado? Tem gente que vai adorar a chance de discutir a sua sanidade e anular todos os seus atos. Já eu, sou uma simples estagiária. Não tenho nada a perder.

Arthur ficou mudo por quase um minuto pensando nos argumentos dela.

— É, você tem razão. — Deu-se por vencido. — Então, o que vamos fazer com ele?

Ela sabia o que faria. Só precisava ficar sozinha.

— Eu tenho um plano. Só preciso que você me ajude a carregá-lo para o banheiro da suíte. — Izzy já tinha percorrido os cômodos no segundo andar e encontrou uma banheira de hidromassagem na suíte principal. Serviria perfeitamente para o que pretendia.

— E depois?

— Depois, você me deixa aqui sozinha que eu me viro.

— Não é um bom plano — Balançou a cabeça.

— É o que temos — falou categórica. — Você vai precisar confiar em mim. Consegue fazer isso?

Ele pegou na mão dela e meneou levemente a cabeça.

— Vamos, então... pegue os braços que eu levanto os pés.

Carregar o Canavarro até o banheiro deu um suadouro nos dois. O corpo ainda estava mole, com exceção do pênis ereto graças ao *azulzinho*. Se a situação não fosse tão trágica, ou fossem dois atores em um filme de humor mórbido, a cena de carregá-lo com o mastro armado seria motivo de muitas risadas.

Com muito esforço, colocaram-no dentro da banheira, o que

só foi possível com ela entrando primeiro, carregando as pernas, e Arthur depois, com a parte de cima do corpo.

Agora, Izzy só precisava que ele a deixasse.

— Melhor você ir, Arthur. Quando eu acabar aqui, te aviso e nos encontramos amanhã — ainda era madrugada e ela calculava levar pelo menos umas quatro horas para fazer todo o serviço.

— Quer que eu deixe o meu carro para você?

— Sim... você pode? Aí você sai daqui dirigindo o carro dele e deixa em algum lugar deserto. Com certeza para as bandas de cá se encontra fácil umas ruas ermas, sem câmeras, e leva o celular. Deixa só eu terminar uma coisa aqui... — Abriu o aparelho com a digital do advogado, acessou pelo Safari o site do Yahoo, criou uma conta de e-mail em poucos minutos e endereçou à Ouvidoria do Ministério Público o relato do estupro cometido pelos colegas de sala de Leopoldo Andrade Junior, inserindo todos os pormenores que ajudariam na investigação do caso. *Por você, Julia...*

— Pronto, terminei. — Estendeu o aparelho para ele. — É só jogar em algum córrego.

— Tá ok, eu dou o meu jeito — entregou a ela a chave do seu *Jeep*. — O carro está parado aqui perto, é só seguir a principal e pegar a primeira estrada à direita.

Acompanhou-o até o primeiro andar e, na sala, despediram-se.

— Vai... — aproximou-se dele e deu-lhe um beijo, retribuído na mesma intensidade.

Arthur segurou o queixo dela e soltou um "se cuida", carregado de preocupação, depois virou as costas e saiu.

Trancou a porta da sala por dentro e verificou todas as demais do primeiro andar. Se pudesse colocar um aviso de "não perturbe" na porta de entrada, o faria. Estava ansiosa para ser deixada sozinha. Tinha muito trabalho a ser feito.

Sentia-se mal por não ter sido sincera com Arthur como ele fora com ela, mas se contasse a verdade, ele se recusaria a ir embora. Fato é que, após o calor do momento, quando se agachou para olhar o corpo do Canavarro de forma mais detida, percebeu que ele ainda estava vivo.

A porrada que Arthur lhe deu na cabeça apagou-o por um bom tempo e provavelmente lhe daria uma enxaqueca daquelas quando acordasse, fora a bateria de exames que precisaria fazer para verificar se internamente tudo continuava na mais perfeita ordem. Entretanto, só se saísse vivo dali, o que ela não pretendia permitir.

Fera nenhuma abandona uma presa abatida. Principalmente se depende dela para se alimentar.

Foi até o armário e pegou o iPad. Depois foi até a mesa e pegou a sua bolsa e a case de violão, subindo novamente as escadas. Entrou no banheiro e passou o trinco na porta. Apoiou suas coisas na grande bancada da pia e abriu a case. Tirou de lá *Janete*, que tinha sido cuidadosamente acautelada no meio de diversos sacos de lixo pretos de cem litros, abraçadeiras de nylon para punhos e tornozelos, um rolo de fita adesiva, uma corda, uma calça de ginástica e um par de sapatilhas maleáveis.

Pegou um par de abraçadeiras e entrou na banheira. Prendeu os pulsos e os tornozelos dele, e em seguida colou a fita isolante em sua boca. Voltou à bancada, selecionou uma música na sua lista e mandou para a JBL. A melodia inicial, um mero dedilhar de uma guitarra acústica por cerca de trinta segundos, não foi suficiente para acordá-lo, mas o que veio depois, sim: uma dupla guitarra e uma bateria potente tiveram o efeito que ela queria. Canavarro despertou com um pulo.

— Oi, Doutor, conhece essa beleza de música? Coloquei em sua homenagem… — disse, tentando aparentar frieza, enquanto a tensão gerava ondas de calor pelo seu corpo. — *Halls of justice painted green, Money talking… power wolves beset your door, hear them stalking, soon you'll please their appetite, they devour, hammer of justice crushes you, overpower…*

O homem começou a se mexer e a murmurar, ao mesmo

tempo em que olhava ao redor do cômodo, como se procurasse se ambientar.

Izzy pausou o som para não incomodar a conversa que teriam. Caminhou até o lado oposto da banheira e ficou de frente para ele. Vestia apenas as roupas de baixo, a bainha da espada e tinha o iPad em mãos.

— Escuta bem, seu filho da puta, vou retirar a fita da sua boca, mas se você gritar ou tentar alguma gracinha, corto a tua cabeça sem esforço, porque a Janete está afiadíssima e ela é menos paciente do que eu. — Entrou na banheira e puxou a fita de uma vez só, como se estivesse depilando o buço dele.

— Aiii, caralho! — A pele acima dos lábios ficou vermelha e minúsculos pingos de sangue brotaram dos poros.

O advogado tentou levar as mãos instintivamente aonde doía e não conseguiu. Ela havia passado uma corda entre as abraçadeiras, prendendo os pés às mãos, retirando dele qualquer possibilidade de movimentação. Mantinha-o em uma posição similar à fetal, só que sentado no meio da hidromassagem, com os joelhos dobrados. Tinha as costas totalmente vulneráveis e estava completamente imobilizado e à mercê dela.

— Me solta e a gente esquece tudo o que aconteceu aqui, tá ok?

— Só se você passar a senha do iPad.

— Vamos fazer assim... Eu te ajudo a apagar a filmagem e você me solta.

— Certo... — mentiu. — Agora, passa a senha.

— Você vai me soltar, lindinha?

— Claro.

— Zero, oito, meia, um... Depois vai no aplicativo da marca da câmera, e aí, é só editar a filmagem.

Izadora seguiu o passo a passo e deletou a filmagem daquela noite. Também desabilitou o sistema de câmeras, guardando, por fim, o *tablet* na sua bolsa.

— Agora que eu cumpri a minha parte no trato, você cumpre a sua...

— Calma, temos mais coisas para conversar, coisas que eu estava ansiosa para saber. — Ela se sentou na borda da banheira e o encarou.

Ele tentou afrouxar os lacres dos pulsos.

— Quanto mais você mexer, mais eles apertam — disse sem se abalar —, e já que estamos tendo esse papo agradável, que tal se abrir comigo? Quer dizer que você achou que eu era infiltrada pelo Alberto? — Cruzou as pernas. — Você se enganou, ele não teve participação nisso.

Canavarro não respondeu. Apenas a olhava com uma expressão furiosa, enquanto o suor escorria pela testa e pelas dobras do corpo.

— Na verdade, eu *não* comecei o estágio no seu escritório para te investigar, para descobrir que quem matou as vítimas do Alfa foi você. Isso eu já sabia desde *as botas*. — Se pudessem se fuzilar com os olhos, não sobraria nenhum dos dois vivos. — Você é tão cheio de si que nunca imaginou que alguém descobriria, mas eu percebi na entrevista. O estágio só me ajudou a confirmar e conseguir algumas provas da sua ligação com as meninas.

O advogado se mexeu inquieto.

— Comecei a estagiar com o senhor, doutor, porque era o melhor no seu trabalho... — Deu uma risada. — Brincadeira, também não foi por esse motivo.

— Então, fala logo, porra! — gritou irritado.

Izadora se levantou e começou a caminhar em volta da banheira com a *katana* desembainhada. Janete reluzia toda vez que a luz incidia sobre ela, deixando-a com uma aparência ainda mais mortal.

— Na verdade, foi por esses momentos juntos. Eu queria ficar sozinha, me aproximar de você para ter exatamente isso que estamos tendo agora. — Estava sendo sincera. Só omitia que seu interesse por matá-lo tinha dupla motivação.

— Você é uma porra de uma psicopata!

— Não, não sou. O psicopata aqui é o senhor. Um disfarce perfeito, né? Quer nicho melhor para um psicopata trabalhar e ser bem-sucedido? Um advogado completamente despido de moralidade, empatia, culpa ou arrependimento só poderia ir longe mesmo. Mas então, chegou uma hora em que simplesmente a manipulação e o poder já não eram suficientes, né, doutor? Como foi, Canavarro? Como foi com a primeira? Abusou da primeira menina, perdeu a linha e acabou matando-a? Sentiu prazer em ter a vida de alguém nas suas mãos? Se achou *Deus*, seu egocêntrico de merda?

— Você acha que me intimida com esse teatro, menina? — Ele a olhava fundo nos olhos. — Você já matou? Já teve em suas mãos o último suspiro de um ser vivo? Não, né? Acaba logo com essa ceninha tosca e me solta — respondeu, encarando-a com uma expressão desafiadora.

Ele tentava ser durão, mas ela sentia o seu medo, como pingos de uma goteira acertando o topo da sua cabeça.

Izadora não retrucou de imediato, preferiu ir até a bancada da pia, pousar Janete com cuidado e, dobrando os braços para trás, soltar o sutiã. Desnudou os seios redondos que pularam ansiosos pela liberdade. Em seguida, agarrou a renda da calcinha e, com ambas as mãos na altura do quadril, arriou a peça até os pés, levantando primeiro o direito e depois o esquerdo para retirar por completo a roupa de baixo.

Estava nua, e pôde perceber, pela boca levemente aberta e as sobrancelhas arqueadas, que havia surpreendido o advogado com essa atitude. Mal ele sabia que seu intuito era não manchar nenhuma de suas peças com sangue. Adorava aquele conjunto, e mesmo com todos os produtos de limpeza existentes no mercado, e com o truque da água oxigenada dez volumes, retirar sangue de tecido é uma das tarefas mais difíceis que existem na face da Terra. Premiaria, então, o sapo velho com essa visão.

Pegou um novo pedaço da fita isolante e voltou a circular a banheira redonda.

— Sabe, doutor, *prazer* assim eu nunca tive, muito pelo contrário. Você não tem ideia do que é sentir como se houvesse um buraco negro na sua alma, sugando toda a luz, toda a felicidade, toda a normalidade. Sempre foi sofrido pra caralho dar cabo das minhas tarefas, mas estou quase acreditando que o senhor será a exceção no meu histórico.

Canavarro abriu ainda mais a boca, como se fosse gritar, e arregalou os olhos em uma clara expressão de terror. Izadora entrou na banheira e o homem urrava e se sacudia, tentando evitar que ela o silenciasse.

— Xiu! Fica quieto e para de se mexer! — Já estava de saco cheio dos arroubos dele. — Senão vou te abrir como um porco... — Ameaçou apontando Janete.

O homem obedeceu e ela colou a fita no lugar, cessando o diálogo.

— Muito bem, doutor... — a voz saía pausada e mais calma —, o senhor, que livrou tantos desmerecidamente, se encontra em uma posição um tanto frágil. — Saiu da banheira.

— Mummmm...

Izzy foi até a sua bolsa e tirou dela a pistola de ar comprimido. Com as costas da mão, deu um tapa nos cremes caríssimos de pós-barba, criando espaço para a arma. Pelo rabo do olho percebeu que ele assistia, atentamente, a toda a sua movimentação. Encostou as costas na bancada, cruzou os braços e tornozelos e se dirigiu a ele.

— Hoje estamos aqui para o seu julgamento, mas não há jurados para serem convencidos, ou manipulados, nem leis para serem dobradas. Na verdade, o seu veredito já foi dado. — Pegou a pistola e a ergueu, demonstrando qual era a sua sentença.

— Mummmmmmm!

Como se fosse possível, os olhos dele arregalaram ainda mais. Parecia que pulariam das órbitas.

— Uma pena que fui uma das manipuladas por você no caso do Alfa, e demorei para perceber que você era muito mais do que um advogado safado, desses que dão a má fama para a profissão. Desde que descobri que o assassino das vítimas do Psicopata do Abecedário era você, luto para me perdoar por ter matado um homem inocente. Tenho certeza de que punir o verdadeiro autor daqueles crimes, e partícipe de tantos outros, vai me ajudar nesse caminho.

Aquela confissão de que ela, de fato, era capaz de matar, fez com que Canavarro tentasse, forçando braços e pernas, romper os lacres. O contato ininterrupto com o plástico duro começou a cortar a carne gorda que pulava ao redor das abraçadeiras, e gotas vermelhas pintaram a banheira branca, como uma tela de *Jackson Pollock*.

— Mummmmmmm!

Izadora deixou a pistola na pia e pegou o seu celular.

— Vou lhe contar uma coisa, doutor, preste atenção! Toda vez que executo uma sentença, preciso de uma música que funciona como um refúgio. Um lugar onde aquele pedaço de mim, que ainda sobrevive ao meu buraco negro, possa se esconder... — Ela esfregou os olhos afastando as lágrimas que queriam nascer. — Porque o abismo já não só me olha, ele me chama, e eu tenho um puta medo de responder... — Suspirou, e em seguida forçou um sorriso. — Bom, também é verdade que o som serve para abafar qualquer barulho. No seu caso, eu vou fazer um favor para o senhor, vou poupá-lo do triste fim de morrer ouvindo *Kenny G*. Vamos combinar que não é um arranjo musical que combine com um momento tão apoteótico. Há uma música que eu adoro, digamos que seja subestimada porque não é cantada pelo Bruce Dickinson, que se encaixa perfeitamente...

Percorreu o dedo pela sua *playlist* e selecionou "Judgement of Heaven", do Iron Maiden. Amava aquela música por fazê-la acreditar que todo o mal existente no mundo um dia seria cobrado, que cada ação ou omissão que contribuía para esse planeta doente seria milimetricamente catalogada, que *injustiças não seriam perenes*. Um dia, quem sabe, chegaria a sua vez de ser julgada, e curiosamente isso lhe trazia *paz*.

Segurando a pistola com a mão direita e a espada com a esquerda, foi caminhando devagar até o lado da banheira, enquanto o coração acelerava pela iminência do que finalmente faria.

— Eu sempre acreditei que, após a morte, seremos julgados pelos atos que praticamos em vida, e que da Justiça Divina não há como se escapar...

Ela rodeou a banheira, mas dessa vez desceu por trás dele e encostou o cano frio da pistola na sua nuca.

All of my life, I have believed, Judgment of Heaven is waiting for me...

— Mummmmmm! — ele se mexia violentamente, pressentindo o que estava para acontecer.

— Mande lembranças ao *Capeta*! Ele ficará feliz em revê-lo.

Ela apertou o gatilho e então desabou.

CAPÍTULO 22

Izzy tinha percorrido um longo caminho até ali. Era a realização de *uma vida*, um sonho tornado realidade — não um sonho bom, gostoso, daqueles dos quais se acorda com uma sensação maravilhosa, e sim um sonho obscuro, violento, mas que, ainda assim, tinha um final feliz.

Contemplou o corpo dele enquanto a música ainda tocava.

Nunca saberia a quantas mulheres aquele homem havia feito mal, porém se agarrava à certeza de que ele nunca mais machucaria alguém. Essa constatação deu-lhe um novo ânimo para encarar a parte mais trabalhosa da tarefa. Estava exausta. O dia tinha sido, além de fisicamente cansativo, uma verdadeira montanha-russa de emoções. Desejava ardentemente a sua cama, mas só poderia descansar depois de cortar e limpar o advogado.

Selecionou a sua *playlist* favorita para acompanhar seu *mise en place* e começou a desmembrar o presunto, o que conseguiu com certa facilidade graças ao fio da sua espada e à textura gelatinosa da carne. A experiência em cortar os frangos assados pela mãe também ajudava. Em pouco mais de três horas, já tinha ensacado o doutor. Deixaria para despelá-lo e limpar os miúdos em casa.

Juntou os sacos no canto da pia e buscou na lavanderia os produtos de limpeza. O detergente e a água sanitária, somados à sua obsessão na limpeza, fizeram-na alcançar o resultado pretendido. Conseguiu deixar o banheiro *um brinco*. Ninguém diria que ali *um desses diabos em pessoa* tinha sido exorcizado.

Já vestida, limpou com o mesmo afinco a pequena poça deixada na sala, no lugar onde Canavarro caiu depois da porrada. Passou um pano com álcool em todos os lugares em que lembrava ter tocado para apagar as impressões digitais. Foi até a cozinha, e com o pano enrolado nas mãos abriu a gaveta de talheres e achou uma tesoura.

Localizou a câmera responsável pelo *Canavarro X-Filmes Produções* atrás da estante, por entre os livros e, usando o punhal com o qual o advogado a agrediu, desaparafusou o aparelho da parede, cortando o fio embutido. Carregaria a câmera consigo. Pegou as chaves do carro de Arthur, deixadas para ela em um móvel próximo à porta, e foi buscar o carro.

Ainda era madrugada e estava muito escuro — era como se a natureza a estivesse acobertando — mas não tardaria para o dia amanhecer. Enquanto caminhava, podia sentir o sereno umedecendo a pele do braço descoberto pela camiseta. Graças às sapatilhas, andou com certa rapidez até o veículo, que depois de destravado piscou duas vezes, como se estivesse feliz em vê-la. Enfiou a chave e apertou a partida. O painel do *Jeep* acendeu.

Quando entrou na chácara, manteve o carro no caminho de pedras para que não deixasse outras marcas de pneus. Agora era subir e descer a escada carregando o peso do advogado — aos que perguntavam o que ela fazia para manter a forma, tinha vontade de sugerir que carregassem sacos de vinte quilos com carne, osso, e todo o resto, para cima e para baixo. Depois de cinco viagens até a mala do carro, Canavarro já a esperava no automóvel, como uma criança que aguarda a mãe que ainda está arrumando a bagagem para a viagem.

Subiu pela última vez os degraus, sentindo todo o peso do mundo nas pernas cansadas, para pegar a sua bolsa e a sua *case*. Deu uma última olhada pelo banheiro, certificando-se de que estava tudo no lugar e, convencida do trabalho bem-feito, deixou aquele mausoléu.

Ligou o *Jeep*, mexeu no botão do volume e o som invadiu o ambiente.

We're going out tonight to kick out every light, take anything we want, drink everything in sight, we're going till the world stops turning, while we burn it to the ground tonight....

Com as mãos no volante, riu ao constatar que Arthur, que parecia tão careta, também curtia Nickelback. Girou a direção, mas de repente parou. Aquela música a tinha dado uma ideia.

Deixou o motor do carro ligado, entrou pela sala e, em passos firmes, foi até o bar. Abriu uma, duas, cinco garrafas de uísque e banhou os móveis com o álcool. Foi até a cozinha, mas não achou fósforos. O fogão era daqueles modernos, que se acende eletricamente. Arrancou a folha de um calendário ilustrado com cavalos e ligou uma das bocas do eletrodoméstico. A pequena chama amarela com tons de azul rapidamente pegou no papel, a ponto de ela precisar correr para não queimar os dedos. Pôde ver a imagem do cavalo se transformando em um borrão preto, enquanto a folha voava de suas mãos e pousava no sofá encharcado de *Blue Label.*

Deixou atrás de si o fogo, como criatura pensante e faminta, lambendo tudo aquilo que tocava.

Para não levantar suspeitas, Izzy foi trabalhar normalmente no dia seguinte, com as olheiras da noite sem dormir bem disfarçadas. Porém, antes de chegar ao trabalho, mandou mensagem para Arthur combinando de encontrá-lo à noite.

No meio da manhã, chegou a notícia de que o advogado estava sumido e de que a chácara que possuía no interior tinha pegado fogo. Seu carro ainda não tinha sido achado e o celular estava completamente morto. O comentário geral, mas que corria à boca miúda, era de que ele havia contrariado alguém *importante*.

Perto do horário do almoço, Izzy foi chamada à sala de Canavarro Filho e não demonstrou abalo.

— Izadora, você era a estagiária que estava trabalhando próxima do meu pai... Você sabe de algo? Não queremos envolver a polícia, porque papai têm negócios de matizes variados, se é que você me entende. Pedi as filmagens do prédio e vi que vocês deixaram o escritório ao mesmo tempo e se separaram quando ele seguiu para a garagem e você saltou no térreo. Ele te disse quem iria encontrar?

— Não, senhor, não entrou em detalhes, sei apenas que era algum figurão — mentiu.

— Foi o que pensei. — Ele abanou a mão. — Pode ir.

Ao sair da sala, foi até a copa e lá percebeu, por parte das funcionárias, certa felicidade. Cruzou o olhar com Bernadete e, em um entendimento mútuo e silencioso, dividiram o sentimento de alívio.

Retornou para a sala dos estagiários e achou graça por Maria Paula demonstrar, com um sorrisinho no rosto, que estava satisfeita, provavelmente por pensar que ela havia se dado mal com o sumiço do sapo velho. Quanto mais Izadora fazia cara de tristeza, mais a outra ria.

No final da tarde, já corria pelo local a notícia de que Canavarro havia dito à esposa que encontraria com uma pessoa que residia próximo da serra. Tal fato reforçou ainda mais a impressão de que Izadora e o advogado somente haviam descido juntos no elevador, e logo tomaram caminhos diversos. Isso, aliado ao fato de que um homem tão poderoso só poderia ser vítima de esquemas tão poderosos quanto ele, e nunca de uma amante contrariada, levou as suspeitas a um outro patamar: poderia ser qualquer um — pessoas com quem tivera negócios escusos, ex-clientes insatisfeitos, poderosos contrariados. Revolver o fundo da lama só os faria pisar em ovos. Além disso, estavam inseridos em um meio no qual não dava para sair acusando determinados tipos de pessoas. Izadora contava que, em poucos dias, Canavarro Filho perceberia que o melhor seria empurrar a sujeira para debaixo do tapete e prosseguir com o legado do pai. No entanto, isso a fez perceber que canalhas são como baratas, mata-se uma e logo aparecem outras. O esgoto está cheio delas.

Ainda assim, foi para casa verdadeiramente feliz, satisfeita, como há muito não se sentia, e ansiosa por rever Arthur e, quem sabe, contar a ele a verdade, como ele fez com ela.

Chegou no apartamento, afagou Eugene, jogou suas coisas no sofá e tomou um longo banho relaxante. Enquanto a água massageava os ombros, pegou-se pensando: será que se Arthur soubesse o que ela fazia, ele a perdoaria? Ainda que a justificativa englobasse uma questão fisiológica, seria compreensível? Tentou se colocar no lugar do ouvinte, mas não conseguiu.

Limpou o espelho embaçado pelo vapor e encarou os olhos amendoados. Izzy demandava o perdão de apenas duas pessoas: Arthur e ela. Por mais que acreditasse em *Deus e Diabo*, não seriam sua alma e o seu corpo de nenhum dos dois.

Se é através da morte que se encontra o caminho ambivalente, *ela não fora a lugar algum*. Pelo contrário, permanecia ali, naquele mundo terreno e perdido, que já conhecia e, aparentemente, seria assim por muito tempo, ou talvez para sempre.

Decidiu, então, que se não alcançaria *o Céu, ou o Inferno*, caberia a ela fazer dali um desses dois lugares.

Céu: Arthur e ela a perdoariam;

Inferno: Sem o perdão dele e sem o autoperdão dela.

A campainha tocou, arrebatando-a de seus pensamentos. Correu até a cozinha, enrolada apenas na toalha, e atendeu o interfone.

— Oi, sou eu. Posso subir?

— Claro… — concordou, com a ansiedade tomando-a nos braços.

Menos de dois minutos após o clique da abertura do portão do prédio, Arthur já estava em sua porta. Olhos felinos a encaravam, ao mesmo tempo em que o charmoso sorriso de covinhas se desenhava em seu rosto. Ela suspirou buscando a coragem necessária para uma das conversas mais difíceis da sua vida e, sentindo o coração pulsar a 120 por minuto e o estômago formigar como se borboletas batessem suas asas nas paredes, convidou-o.

—Venha, entre... — puxou-o pela mão, enquanto decidia se conversavam ou se o levava diretamente para os seus lençóis.

Arthur saiu da chácara contrariado por deixá-la sozinha. No entanto, ela tinha razão em seus argumentos: ele tinha muito a perder.

Já havia vivenciado o fundo do poço e não pretendia fazê-lo de novo. Além disso, ela parecia saber muito bem o que estava fazendo. Com certeza o seu segredo deveria ter relação com a morte de alguém. *Como o dele.*

Dirigiu o carro do advogado por alguns quilômetros pela estrada que seguiria até a capital. Assim que cruzou a fronteira entre municípios, indicada por uma placa, entrou em uma nova estrada vicinal, deserta, e ali abandonou o veículo. Antes, limpou todas as suas impressões digitais com a blusa. Já jogara o celular no açude ao lado do lugar onde havia estacionado o *Jeep*.

Seguiu cerca de cinco quilômetros a pé, até que pegou um ônibus para a cidade ao lado, e assim foi baldeando, misturado a centenas de trabalhadores que deixavam suas casas às quatro da madrugada, até chegar ao seu destino. Dormiu por cerca de cinco horas, e quando acordou viu que ela havia mandado mensagem para o seu celular. Estava bem e o aguardava à noite para conversarem.

Ele sabia que Izadora pretendia continuar no escritório por mais algum tempo, para não levantar suspeitas, mas precisava fazê-la abandonar o estágio o mais rápido possível. Tentaria convencê-la naquela noite.

E se ela descobrisse tudo? Se aquele maldito laudo da psicóloga que Canavarro contratara para conversar com ele, e ajudar em sua defesa, caísse nas mãos dela? Pessoas são definidas por seus atos, não são? Toda a sua imagem se resumiria ao que não contou a ela, e isso a faria deixá-lo.

Balançou a cabeça, afastando esse pensamento, enquanto o carro de trás buzinava insistentemente diante do sinal verde. O motorista do táxi estava desatento, mexendo no celular. Pensou em chamar a sua atenção, mas deixou para lá. Coisas mais profundas o incomodavam: o receio de que Izadora viesse a saber o estava envenenando. Ele havia contado *quase* tudo. *Quase.*

No trabalho, conseguiu se distrair, porém, à noite, quando chegou ao prédio dela, a preocupação o acompanhava. Amava aquela mulher e não suportaria perdê-la.

Precisava afastá-la da *verdade*.

Quinze anos atrás, a psicóloga habilmente havia conseguido extrair a verdade dele: aquele ponto escuro em seu coração. Uma verdade tão feia que não pôde sequer ser usada ao seu favor no processo. Foi escondida de todos, menos do advogado.

Arthur vomitara na sessão toda a manipulação para cima da Malu. Com jeitinho, incutiu nela a vontade de ser a sua primeira. Apresentou a oportunidade perfeita, a festa do João. Emprestou para Bernardo uma roupa sua, convencendo-o a rever velhos amigos naquela noite. Não contou a ninguém que o Bê estava visitando a família no feriado. Chegou propositalmente depois dele e observou escondido o casal retirando-se para o escritório, para então, alguns minutos depois, matar o irmão com a desculpa de que ele estuprara a sua namorada.

Tudo premeditado.

Amara loucamente a menina, mas odiara o Bê em maior intensidade. Odiou-o com aquele ódio imaturo, mas poderoso, nascido aos oito anos de idade. Odiou-o por ser o gêmeo que se destacava, por fazê-lo se sentir sempre o não escolhido e até um intruso dentro da própria casa. Desejara intensamente ser o único. Chegara a fazer esse pedido a estrelas cadentes, e a cada vela do bolo que soprou até completar os dezesseis anos. Sentia como se só conseguisse viver plenamente se fosse sem aquele reflexo perfeito, que o lembrava constantemente da sua mediocridade. Como não foi atendido por um "acaso divino", tomou o destino em suas mãos.

Já entendera que Izzy era uma justiceira, em mais de um sentido da palavra, como ele. Não podia deixar de se perguntar, mesmo enquanto antecipava os braços dela ao seu redor, se ela seria capaz de se vingar dele se (ou quando) descobrisse a verdade.

EPÍLOGO 1

O despertador não tocou.

Izadora pulou da cama e voou para o chuveiro. Aquele era o seu último dia no escritório, mas nem por isso desejava chegar atrasada.

Se fosse uma mulher comum, agarraria uma xícara de café, uma torrada e sairia de forma estabanada tomando o café da manhã pela rua. No entanto, ela não era uma mulher comum.

Chegou à cozinha e Eugene já se esfregava entre as suas pernas, demandando sua comida. Ela também não ignoraria a sua própria fome — para o bem dos outros. Pegou um bife de trezentos gramas — outrora, parte da pança do advogado — e mordeu-o como se saboreasse um pedaço de bolo de chocolate. Assim que terminou, lavou as mãos e a boca, afagou a cabeça do gato e saiu.

Logo que se virou para trancar a sua porta, percebeu pelo canto do olho que o apartamento 202 estava escancarado e havia um vulto no chão. Virou a cabeça e levou um susto. A namorada do espancador estava caída em cima do tapete da sala, e ela não estava mais sozinha. Uma barriga equivalente a quatro meses de gravidez estava à mostra, graças ao vestido levantado.

Izzy correu para ajudá-la, sem sequer se importar se estava invadindo o território alheio. Agachou-se e mediu a pulsação da moça. Apesar de desacordada, ela estava viva.

Procurou o telefone na bolsa, e quando finalmente sentiu o aparelho entre os dedos, ouviu um grito vindo do térreo, seguido por um barulho alto e seco.

Desceu os degraus tão rápido que quase embolou os pés, até estancar no antepenúltimo degrau.

— Dona Vilma, o que aconteceu?

A vizinha estava parada com a sua bengala de madeira com ponteira de ferro nas mãos. Caído praticamente aos seus pés, estava o *espancador do 202.*

— Bom dia, menina! — disse, como se nada de anormal tivesse acontecido.

— O que aconteceu? — Izzy repetiu, quase precisando se beliscar.

— Minha bengala tropeçou na cabeça do traste — a velha explicou com um sorriso de satisfação. — Já era hora...

— E agora, dona Vilma? Como vamos explicar isso? — Izzy estava estarrecida com a situação.

— Explicar o quê? Não há nada para explicar, não. Nós precisamos é subir com ele para o seu apartamento.

— Como assim? — Izadora interrompeu, surpresa com a solução aventada.

— Pare de bobagem, menina! Esqueceu que tenho nariz e ouvidos? Pegue o tronco, que eu pego as pernas... — falou, fazendo menção de se agachar para segurar ambas as bainhas da calça do homem.

— Dona Vilma! — a censura saiu em um tom esganiçado.

— Só tem uma coisa... — a velha fez uma pausa dramática de cinco segundos e encarou Izadora com os olhos turvos, como se de fato enxergasse — eu escolho a música desta vez!

EPÍLOGO 2

Quinze anos antes.

Ana Clara corria sem olhar para trás.

A cabeça martelava com tanta força que tornava quase impossível pensar em uma saída, e o estômago voltara a doer alucinadamente. Era como se uma mão gigantesca o apertasse, tentando explodi-lo feito uma bexiga de festa infantil. Sem conseguir raciocinar com clareza, ela simplesmente seguia o instinto que gritava em seus ouvidos ordens para que se mantivesse viva.

A cada passo descompensado, a mata fechada a abraçava. Um abraço incômodo, sufocante, quente. O medo funcionava como uma injeção de adrenalina, dando movimento ao corpo febril. As mãos — arranhadas pelo esforço em abrir caminho entre arbustos e cipós — ardiam, lembrando-a do Merthiolate da infância. Os pés descalços acusavam a pontada dolorida toda vez que pisavam em pedras e gravetos, e o suor gelado escorria do topo da testa, irritando a vista.

Em uma disparada cega e sem rumo, Ana Clara mergulhou em um pequeno rio de água preta. *Merda de igapó!* Sentia as pernas pesadas, embalsamadas pelo lodo e pelos musgos da área alagada. O coração, que já pulava como se quisesse fugir do peito, acelerou ainda mais... Ela sabia que não estavam longe. Conseguia ouvi-los bradando cantos de guerra, então, precisava sair dali rápido.

Ana Clara ouvira falar que, em experiências de quase morte, a vida passava como um filme. *Que bobagem*, pensara na ocasião. *Que coisa mais clichê*. No entanto, não se debatia mais para se livrar daquela armadilha molhada e lamacenta. Estava sentada na primeira fila do seu cinema particular, com cenas e mais cenas se passando à sua frente: os aplausos orgulhosos e ensurdecedores da plateia na formatura em Ciências Biológicas na Universidade de Brasília; ela pulando com o pequeno Nokia na mão assim que recebeu a notícia de que tinha conseguido — graças às excelentes notas — o estágio com o especialista e PHD Dr. Norberto Graça-Forte; o amor pela pesquisa — não havia ambiente mais adorado do que a quietude do laboratório vazio. A manipulação de micro-organismos patogênicos e de vírus a legavam a uma benquista solidão. Nunca fora daquele tipo extrovertido, falante, que se relaciona facilmente com qualquer pessoa. Pelo contrário. Não, não era tímida ou antipática, era na dela. Socializar com estranhos, jogar conversa fora ou entrar em um ambiente repleto de gente a faziam suar nas mãos e causavam palpitações. Sim, tinha amigos. Contados nos dedos, mas fiéis. Tinha também seu noivo, Eduardo, a quem conhecera depois de muitas idas ao mercadinho próximo da sua quitinete. Foram necessários doze encontros "casuais", repletos de esbarrões, no corredor das comidas instantâneas, e uma troca de receita de miojo para que Clara finalmente aceitasse jantar com ele. Tinha os pais e uma irmã caçula a quem amava beirando a adoração.

E agora?

Agora tudo estaria posto a perder se conseguissem colocar as mãos nela.

Ela não pretendera se envolver com nenhum grupo indígena quando Dr. Graça-Forte entrou esbaforido pelo laboratório trazendo aquela notícia extraordinária e inquietante: a pesquisa de uma forma nova de malária que estava dizimando pequenos primatas no sudoeste da Amazônia estaria a seu cargo. Decidida a obter informações in loco, viajara até Eirunepé, no Amazonas, e, após alguns dias na cidade, firmou acampamento na mata, próximo às margens do Juruá.

— A dotôra tem certeza de que quer ficar aqui sozinha? — perguntou o guia, um nativo da região, após deixá-la no ponto de encontro aberto à picada.

— Tenho. Tirando esse calor insuportável, vou ficar bem. — O lugar era tão quente que estava quase se acostumando com aqueles pingos irritantes que teimavam em descer pelas coxas até a batata da perna e com o corpo sempre melado.

Após oito dias imersa naquela imensidão verde, localizou os primeiros macacos mortos e, sedenta por aprofundar o conhecimento e pela possibilidade da descoberta de uma nova forma do vírus, não se deu por satisfeita apenas com a contenção dos exemplares. Queria o vetor. A região era bastante úmida e, depois de dois dias de chuva intermitente, localizou poças com larvas. Pronto, a viagem havia sido um sucesso.

Decidida a levantar o acampamento no dia seguinte, ela passou a noite à base de café, catalogando suas descobertas. De manhã, enquanto caminhava para o ponto de encontro, o mal-estar a acertou com um soco. A pele queimava, e calafrios escalavam as suas costas como se alguém esfregasse pedras de gelo na base da coluna. As pernas chumbadas ao chão foram o sintoma seguinte. Quanto mais esforço fazia para andar pela mata fechada carregada com as suas "preciosas bagagens", mais se sentia incapaz de prosseguir. Estava fraca e exausta.

O pânico de desmaiar ali, no meio do nada, a tomou nos braços. A respiração acelerou e o teto preto veio forte. Era como um caldo em águas turvas, mergulhando-a em um espiral de escuridão.

Palha ou algum outro tipo de folha cobriam a cabeça de Ana Clara quando abriu os olhos. Decididamente, ela não estava mais caída na floresta. Alguém havia salvado a sua vida.

Apoiou-se nos cotovelos e ergueu o tronco. Olhou ao redor do cômodo procurando algo que lhe desse uma pista de onde estava. O lugar não era grande, e as paredes e o chão eram de tábuas. Também havia redes no canto oposto.

Uma mulher de cabelos pretos e lisos entrou e, ao vê-la acordada, arregalou os olhos, como se tivesse visto um espírito ruim, saindo em disparada.

A mulher voltou agitada e acompanhada de um homem de meia-idade. Vestido com vários colares, pinturas e um cocar imponente, Clara imaginou ser o Pajé da tribo. Ele entoava cânticos, enquanto outras mulheres dançavam e cantavam ao seu redor. Era evidente que tinha sido levada desacordada para alguma comunidade indígena da região.

Não tinha noção do tempo que ficara inconsciente, mas sentia-se estranha e as entranhas se contorciam de fome. Uma fome que se agigantava a cada minuto, que fazia do estômago um buraco fundo e embaralhava as ideias. Sentia como se uma entidade com vida própria tivesse se apropriado do seu organismo. Como se um verme gigante a escolhesse por nova provedora. Estava confusa. Nunca fora daquelas ligadas à comida. Gostava de comer, mas não era uma obsessão, até então.

O ronco alto da barriga soou como um trovão, e a ofereceram um tipo de mingau. Enlouquecida por aquela sensação repentina e tão poderosa, Ana Clara agarrou a cumbuca de argila e sorveu todo o seu conteúdo praticamente em três goladas, para logo em seguida regurgitar tudo. Sujou o chão com uma gosma rosácea. Parecia gelatina de framboesa mole, antes de firmar o ponto na geladeira.

A fome piorou. A dor no estômago reverberava até os ossos. Sentia também uma dor de cabeça lancinante e não conseguia pensar em outra coisa além de comer.

Trouxeram-lhe um peixe assado, servido em uma folha. Ela

pinçou os dedos e arrancou nacos enormes de carne branca. Enfiou-os na boca — como um náufrago faminto faria. Assim que o alimento bateu no estômago, percorreu o mesmo caminho de volta, e ela tingiu a parede com um vômito escuro.

Clara, então, viu o Pajé conversando com três anciãs de mais idade sem conseguir entender o que estavam dizendo. Era frustrante tentar compreender o que falavam apenas pelos gestos. Tentou ler seus olhos, mas não soube definir se enxergava neles preocupação ou medo. Não demorou para que dois indígenas jovens e fortes entrassem no local. Eles suspenderam a rede na qual ela se deitava e, apoiando as pontas, cada um em cima do próprio ombro, a carregaram para fora, transferindo-a para uma outra habitação, mais longe.

O novo lugar possuía pouquíssimas redes, e apenas uma estava ocupada. Intuitivamente ela sabia que era uma espécie de quarentena. Seu companheiro de "enfermaria" aparentava ter cerca de cinquenta anos e estar muito doente. A face sem cor, os olhos fixos e sem brilho, a respiração oscilante e o torpor do corpo a fizeram calcular que em breve ele morreria.

Mas e ela? E aquela dor excruciante que não a abandonava, que a fazia querer gritar até doer as cordas vocais, que cravava as unhas pontudas em suas entranhas para depois arregaçá-las? Será que ela também estaria com os dias contados?

A noite caiu e Clara não conseguiu pregar os olhos. A dor não permitia. Contorceu-se na rede, abraçando a barriga até finalmente ceder ao sono.

Teve um sonho estranho.

Sentada em um restaurante chique, comia vorazmente com as mãos uma peça inteira de carne crua, enquanto seus pais, sua irmã e seu noivo, com os pratos vazios, testemunhavam o ato com olhos arregalados e as bocas retorcidas. A dor já não existia mais.

Acordou em um pulo com o grito de uma indígena, que em seguida saiu em disparada do local.

Ainda grogue de sono, olhou ao redor e viu a rede ao lado manchada de um vermelho intenso, com uma enorme poça escura embaixo dela.

Seu vizinho estava morto.

Faltavam-lhe pedaços da face. Não havia mais nariz e nem uma das orelhas. Onde antes havia sido a bochecha esquerda, agora havia um buraco que expunha pedaços pendurados de carne, gordura e parte do osso, e um enorme ferimento no pescoço, provavelmente o ferimento fatal, completava a cena grotesca.

Clara sufocou um grito.

Pensando que algum animal possivelmente entrara no local à noite e comera vivo o colega de quarto, em pânico passou a tatear a própria face, como se verificasse se ainda tinha nariz, olhos e boca. Foi aí que se deu conta… quando os dedos voltaram grudentos, sujos de sangue seco.

Olhou para o peito e viu a própria blusa tingida e, então, finalmente percebeu o gosto metálico insistente no paladar.

A fome já não estava mais lá, e a ela não restou outra saída além de correr alucinadamente, como se sua vida dependesse disso.

FOME
FOME

Vitrola editora

vitrolaeditora

VITROLA EDITORA E DISTRIBUIDORA LTDA
Rua das Camélias, 321 - Aparecida
CEP: 98.400-000 - Frederico Westphalen - RS
Telefone: (55) 3744-6878
editora@vitrola.com.br
www.vitrola.com.br